천마사냥꾼

운경 현대 판타지 장편소설

WISHBOOKS MODERN FANTASY STORY

천마사냥꾼 12

운경 현대 판타지 장편소설

초판 1쇄 찍은 날 | 2018년 6월 25일
초판 1쇄 펴낸 날 | 2018년 7월 2일

지은이 | 운경
펴낸이 | 예경원

기획 | 위시북스
편집책임 | 이규재
편집 | 이즈플러스

펴낸곳 | 예원북스
등록번호 | 제396-2012-000132호
등록일자 | 2012. 7. 25
KFN | 제1-278호

주소 | 경기도 고양시 일산동구 호수로 646-24 위너스21 II 빌딩 206A호 (우)10401
전화 | 031-819-9431 팩스 | 031-817-9432
E-mail | yewonbooks@naver.com

ⓒ운경, 2017

ISBN 979-11-6098-990-8 04810
    979-11-6098-441-5 (set)

천마사냥꾼

운경 현대 판타지 장편소설
WISHBOOKS MODERN FANTASY STORY

12

Wish Books

천마사냥꾼

CONTENTS

제42장
제석천

1

세부의 5성 호텔 '베이사이드'에서 벌어진 해프닝은 정오를 기점으로 끝났다.

수사 당국은 야쿠자 파벌 간 알력 다툼에서 벌어진 테러라는 발표를 내놓았고, 사법 거래를 거쳐 허수아비 용의자를 내세웠다.

요화란을 필두로 주작전은 적시운에게 무조건 항복했다. 천무맹을 속여야 할 필요가 있는 만큼 모든 과정은 비밀리에 이루어졌다.

"일단은 너희랑 연결된 야쿠자 파벌들부터 정리할 거다.

그놈들이 매년 천무맹에 가져다 바치는 돈이 천문학적 규모라지?"

"정리하는 거야 상관없지만, 놈들을 제거하고 나면 수뇌부에서도 이상을 알아챌 거야."

"그럼 이렇게 하지. 각 파벌의 윗대가리들만 정리한 다음 대리를 세우는 거야."

"아랫것들의 반발이 클 텐데?"

"주작전이 억제하지 못할 만큼?"

"그렇지는 않아. 사실 그보다는 정재계 인사들이 문제지. 야쿠자 놈들이 마약을 팔아 번 돈의 상당량이 그 치들의 주머니로 들어가니까."

"상납하던 금액을 당분간 유지하면 돼. 그 정도 여력은 있잖아?"

"물론이지. 하지만 그런 식의 입막음도 영원하진 못해."

"반년 정도면 여유를 벌면 돼."

요화란의 눈동자가 움찔했다.

"고작 그 정도면 된다고?"

"내 계산대로라면."

"반년 만에 저 오합지졸들을 천무맹에 맞설 무사로 키워내겠단 말이야? 나 하나도 당해내지 못해 깨진 것들을?"

"시간이 촉박하긴 하지만, 불가능하진 않아. 애초에 반년도 넉넉잡은 거고."

　실제로는 3개월이나 속여 넘길 수 있을까.

　천무맹도 머저리가 아닌 이상은 남부에서 일어난 이상 징후를 포착하고도 남을 터였다.

　요화란은 고개를 가로저었다.

　"계란으로 바위 치는 것도 유분수지……."

　"그 계란한테 깨졌으면서."

　"……."

　"어쨌든 손잡은 걸로 알고 있겠어. 만약 배신하려 한다면……."

　"너무 진부한 말이라고 생각 안 해? 내 명줄이 어떤지는 충분히 잘 알고 있다고."

　요화란이 음울한 미소를 지었다.

　"당신이 내 몸에 심어둔 게 뭔지도."

　"……."

　"수아에게 심은 것과 같은 거지? 당신이 걸어둔 암시를 벗어나는 행동을 하면……."

　"좋지 못한 경험을 하게 될 거야."

　"알고 있어. 숨통이 뒤틀리고도 남을 정도겠지. 난 아픈 게 싫어, 남을 아프게 하는 건 좋아도. 그러니 걱정하지 않아도 돼."

"그 말, 일단은 믿지. 어쨌든 후회할 짓은 하지 않는 게 좋을 거야."

대화를 마친 적시운이 방을 나섰다.

홀로 남은 요화란은 음울한 눈으로 창밖을 응시했다.

"그 여자를 믿어?"

원래 숙박했던 곳과는 몇 블록쯤 떨어진 또 다른 고급 호텔.

돌아온 적시운을 향해 헨리에타가 말했다.

"너무 순순히 항복한 것 같다는 생각이 들지 않아?"

"걱정 마. 만약을 대비한 안배를 이미 해뒀으니."

"평소라면 걱정하지 않았을 거야."

적시운은 쓴웃음을 지었다.

"이번 일은 미안하다니까."

"그 일 때문에 그러는 게 아냐. 다만 일이 너무 순조롭게 풀리는 것 같아서 그래."

"내가 뭔가 놓치고 있다는 말로 들리는데."

"천무맹. 과연 그들이 당신의 행보에 대해 아예 모르고 있을까?"

그렇지는 않을 것이다. 굳이 빼어난 기감이 아니더라도 적시운의 행선지를 알아낼 방법쯤은 넘쳐 났다.

"태천그룹에서 내준 비행기와 기차를 탄 게 실수였던 건지도 몰라."

적시운은 고개를 끄덕였다.

여권 기록을 위조했다고 해도 신상을 캐낼 방법은 무궁무진하다. 공항에서 폭발 사고까지 일어났다면 더더욱.

"저도 혹시 몰라 권창수 의원에게 연락을 보내봤어요."

노트북을 든 차수정이 다가왔다.

"신서울이나 과천 쪽에선 아직 별일이 없는 모양이에요. 물론 눈치채지 못할 만큼 기민하게 움직이고 있을지도 모르지만요."

"후자 쪽이 신빙성이 높아 보이는걸."

적시운은 소파에 털썩 앉았다. 복잡한 얼굴의 문수아가 오렌지 주스를 가져왔다.

"군림고라면 진작 해제했는데. 이제 와서 굳이 이러지 않아도 돼."

"화란 님이 당신을 따르기로 결정했으니."

문수아가 무거운 한숨을 내쉬었다.

"그분의 부하인 나도 당신을 따를 수밖에. 게다가 잘 모시라고 당부까지 받았어."

"그 여자, 생각보다도 인망이 두터운 모양이지?"

"적에겐 잔혹하고 집요하지만 자기 수하에겐 관대하며 자애로우신 분이야."

"널 쳐 죽이려 했을 때처럼?"

"……그건 어쩔 수 없는 일이었다고 생각해. 배신자에게까지 관대했다간 조직의 규율이 망가질 테니까."

"눈물 나는 충성심이군. 부디 앞으로는 그런 마음으로 날 섬겨줘. 눈물 나게."

"……당신 따위, 정말 싫어."

차갑게 쏘아붙인 문수아가 성큼성큼 방을 나갔다.

헨리에타가 허리춤에 손을 얹고서 눈총을 쏘았다.

"꼭 그렇게 비아냥댈 것까진 없잖아."

"답답하잖아, 보고 있자니."

"어려서부터 조직에 예속된 삶을 살았을 텐데 별수 있겠어?"

"그렇다고 보듬어만 줄 수는 없어. 한두 살 먹은 어린애도 아니고."

"……."

"그러니 달래는 건 너와 아티샤가 맡아줘. 보아하니 그나마 친한 것 같던데."

"그럴 거야. 당신 부탁 때문은 아니지만. 어쨌거나 이젠 어쩔 생각이야?"

"일단은 한국으로 돌아가야지. 여기서 시간을 너무 지체했어."

백진율이 언제 폐관을 마칠지 알 수 없었다. 여유가 많지는 않다고 생각해 두는 게 편할 터였다.

"어쩌면 놈들이 이미 행동에 들어갔을지도 모르고……."

적시운의 예상은 적중했다. 조금 빗나간 형태로.

강서성 용호산(龍虎山).

우거진 숲속의 자그만 공터에 세 사람이 서 있었다.

"부름을 듣자마자 달려왔습니다, 천인(天人)."

"갑자기 무슨 일이래요?"

정중한 어조의 중년인과 시큰둥한 태도의 여인. 팔부신중의 일원인 범천(梵天)과 아수라(阿修羅)였다.

두 사람 앞에 선 거한은 제석천. 굳은 표정으로 침묵하던 그가 넌지시 입을 열었다.

"남쪽으로 갈 것입니다."

"왜요?"

"그가 남쪽에 있기 때문입니다, 아수라."

"그가 누군데요? 설마 남쪽에 있는 자라고 대답하진 않겠죠?"

제석천은 희미하게 웃었다.

"이래서 저는 당신을 좋아합니다."

"어울리지 않는 프로포즈는 됐고, 이해할 수 있게 설명이나 좀 해주시면 고맙겠어요. 안 그래요, 범천?"

"천인의 뜻을 따름에 있어 설명이나 이유는 필요치 않다."

"이럴 줄 알았어. 차라리 돌멩이랑 얘기를 하고 말지."

씹던 껌을 퉤 내뱉은 아수라가 등 뒤를 향해 소리쳤다.

"네가 대답해 봐, 가루다!"

"적시운이 필리핀에 있어요."

쾌활한 음성이 들려왔다.

"제석천께서 요화란한테 기회를 주셨는데, 그년이 실패한 것 같더라고요."

"아하."

검푸른 립스틱이 발린 아수라의 입가가 미소를 그렸다.

"내 그럴 줄 알았지. 애새끼들 따먹는 거나 좋아하는 멍청한 년."

"그럼 더 설명할 필요는 없는 것으로 알겠습니다, 아수라."

"그럼요! 얼른 가서 싹 쓸어버리자고요, 제석천."

"미리 말씀드리지만, 무고한 이들에게 피해를 주어

선······."

"안 된다는 거죠. 그쯤은 알고 있으니까 어서 가요."

흥분하여 연신 혀를 날름거리는 아수라. 지켜보던 범천이 고개를 설레설레 저었다.

제석천은 나무 그림자를 향하여 고갯짓을 했다. 낭랑한 음성이 그림자 속에서 들려왔다.

"다음 행선지는 세부니까 꼭 잡으세요!"

"칫!"

방 안의 그림자가 일렁이는 것을 보며 요화란은 혀를 찼다. 벽에 걸려 있던 흑월과 삭월이 황급히 그녀의 손아귀로 날아들었다.

"같은 편한테 칼질하려고요, 흑살도후?"

"하여간 앞뒤 분간 못 하는 년이라니까."

토 나오게 쾌활한 목소리와 귀 째지는 하이톤의 음성. 요화란은 심장이 착 가라앉는 기분이었다.

"가루다에 아수라라니. 빌어먹을 것들이 한꺼번에 찾아오셨군."

"와, 진짜 너무하시네? 지난번엔 사탕 사준다고 했으면서."

요화란은 책상에 놓인 사탕 상자를 홱 던졌다. 툭 떨어진 상자에서 막대 사탕이 와르르 쏟아졌다.

"주워 먹어. 할 수 있다면."

"그렇다면 감사히."

제3의 목소리가 흘러나왔다. 경박함과는 천 광년쯤 떨어진 부드럽고 점잖은 음성. 그러나 요화란이 받은 충격은 먼젓번에 비할 바가 아니었다.

건장한 체구의 사내가 어둠 속에서 걸어 나왔다. 그는 천천히 몸을 숙여 사탕을 상자에 주워 담았다.

이윽고 스키니 진을 입은 여자와 중늙은이 하나가 따라 나왔다. 그럼에도 요화란의 시선은 여전히 거구의 사내에게 꽂혀 있었다.

"오랜만입니다, 주작전주."

사내, 제석천이 말했다.

"그렇군요."

요화란은 당혹감을 비치지 않기 위해 전력을 다했다. 덕분에 목소리가 떨리는 것은 방지할 수 있었다. 눈빛과 낯빛까진 어쩌지 못했지만.

"한데 이곳엔 무슨 일이시죠?"

"하! 무슨 일은 얼어 죽을 무슨 일!"

아수라가 신경질적인 웃음을 터뜨리며 말했다.

"네년 혼자 해먹으려다 쪽박 찬 거 모를 줄 알아? 그래도 낯짝이 멀쩡한 걸 보면 운이 좋았나 봐? 그게 아니면 이미 놈에게 붙어먹은 걸까?"

"……."

"보아하니 후자의 가능성이 커 보이는데? 뻔히 우리인 거 알면서 쌍칼을 빼 든 거 보면 말이야. 안 그래?"

망할 년.

요화란은 속으로만 뇌까렸다. 촉 하나는 더럽게 좋은 년이 었다. 아니, 어느 정도의 판단력만 갖추었다면 여기까지 내다볼 수 있을 터였다.

'저 골 빈 년까지 알아차릴 정도라면…….'

제석천 또한 어느 정도 감을 잡았으리라. 그러니 팔부신중을 셋이나 끌고 온 것일 테지.

그 셋보다도 제석천 하나가 더 두렵다는 게 아이러니한 일이었다.

"천무맹 12강의 자리는 가시방석과 같습니다."

제석천이 나직이 운을 뗐다.

"책임져야 할 것은 천근과 같으며 지켜야 할 것은 만근과 같지요. 그 점은 오랫동안 사신전의 일익을 차지해 온 주작 전주께서도 잘 알고 계시리라 믿습니다."

"가루다 저 망할 새끼가 무슨 얘길한 거죠?"

"지금은 주작전주께서 대답하셔야 할 때 같습니다."

제석천은 정중한, 그러나 흘려 넘길 수 없는 어조로 말했다.

"그 남자, 적시운과 무슨 작당을 하셨습니까?"

"나는……."

"질문이 어렵다면 조금 바꿔드리지요. 그 남자는 지금 어디에 있습니까?"

"……."

두 비도를 쥔 손아귀에 힘이 들어갔다. 그것을 간파한 가루다가 빽 소리를 질렀다.

"저년 보래요! 이미 몸도 마음도 그놈한테 홀랑 넘어갔대요!"

"큭!"

"죽여 버려요, 그냥! 죽여 버리고 우리가 찾는 편이 더 빠르겠네!"

소매를 걷어붙이는 아수라. 그러나 제석천은 침착한 태도로 두 사람을 만류했다.

"그녀는 여러분과 동격의 존재. 그에 합당한 존중을 받을 가치가 있습니다."

"넵."

"쳇."

장난처럼 대꾸하는 가루다와 입술을 비죽 내미는 아수라.

그들에게 웃어 보인 제석천이 요화란에게도 미소를 보냈다.

"우리는 주작전주의 의사를 최대한 존중할 것입니다. 그러니 선택하십시오. 우리에게 맞설 것인지, 아니면 협력할 것인지."

"……만약 맞선다면?"

"주작전의 현 인원이…… 300여 명이던가요? 그들과 혈연 관계에 놓인 이들까지 합치면 족히 천 명이 넘는다고 알고 있습니다."

"……!"

천 명의 목숨을 건 협박. 제석천은 그들 모두를 죽이겠노라고 말하고 있었다.

"선택은 어디까지나 당신의 몫입니다."

2

"성공의 기회인 동시에 파멸의 기회……."

신북경 지하 도시.

투명한 전면 창 바깥으로는 비가 내리고 있었다. 자연적으로 만들어진 게 아닌, 도시 천장에서 쏟아지는 인공 비. 그래도 사람 마음을 심란하게 만드는 것은 진짜 비와 다를 게 없었다.

중화당 주석 심인평은 창을 타고 흘러내리는 빗방울을 응시했다. 동시에 제석천이 던진 화두를 연신 되새겼다.

"성공, 혹은 파멸……."

그 말이 마치 중화당과 자신을 향한 경고처럼 들렸다. 아니, 그마저도 너무 희망적인 전망일 뿐.

중화당을 송두리째 어쩌진 못하겠지만 사람 하나쯤 교체하는 것은 일도 아니었다. 만약 그들이 그러길 원한다면 사라지는 건 중화당보다는 심인평 개인일 것이었다.

물론 자격지심에 불과한지도 모른다. 어쩌면 제석천은 별의미 없이 그런 말을 내뱉은 것인지도 모른다.

하지만 그렇지 않을 수도 있다. 그 사소한 차이로 인해 심인평과 그를 따르는 이들의 운명이 뒤바뀔지도 모른다.

"중화, 천무맹, 백진율……."

마수들이 얌전해지니 인간이 미쳐 날뛴다. 온 세상이 일치단결해도 모자랄 판에 사람과 민족 사이에 무슨 위아래가 있단 말인가.

그날, 심인평과 독대한 제석천은 묘족 마을 하나를 몰살시키고 온 직후였다. 그 앞에서 수고했노라며 웃어 보이는 자신에게 얼마나 욕지기가 치밀었는지 모른다.

"이건 잘못되었다."

대다수의 정치인은 썩어빠졌다. 자기 자신도 예외는 아니었다.

　하지만 심인평은 정치인이나 재계인에게도 넘어선 안 될 마지노선이 있다고 믿었다. 그리고 천무맹은 이미 오래전에 그 선을 넘어섰다.

　그 앞에서 택할 수 있는 선택지는 둘뿐.

　그들을 따르며 나락의 밑바닥까지 함께 처박히거나…….

　"저항하거나."

　요화란이 메시지를 보내온 것은 저녁 무렵이었다.

　"뭐래?"

　"와인이나 같이 마시자고 하셔."

　문수아가 이내 시큰둥하게 덧붙였다.

　"그렇다고 김칫국 마시진 마. 당신은 그분 취향이 아니니까."

　"……."

　"왜 그래?"

　문수아가 의외라는 얼굴로 물었다. 평소라면 비아냥대거나 웃고 넘겼을 적시운이 심각한 표정이었던 것이다.

"애들 좀 이리 불러. 전부 다."

"아, 알았어."

이내 인원 모두가 소집됐다.

적시운은 다짜고짜 운을 뗐다.

"내가 돌아올 때까지 여기 함께 모여서 기다려. 혹시 탈출용 아티팩트 같은 걸 구할 수 있으면 구해두고."

"네?"

"갑자기 그게 무슨 소리예요, 선배?"

"독사가 달라붙은 것 같아, 그것도 맹독을 지닌 놈이."

깜짝 놀란 문수아가 핸드폰을 다시 켰다.

"하지만…… 문자에는 아무런 암시나 징조도……."

"문자 때문이 아냐. 내 육감 때문이지. 뭔가 느낌이 심상치 않아."

다른 사람이 이런 말을 한다면 찝찝하게만 여길 것이다. 하지만 그게 적시운의 육감이라면 찝찝한 정도로 치부할 일이 아니었다.

일행은 긴장한 얼굴로 서로를 돌아봤다.

"무기를 챙겨올게요."

"나도 같이 가."

아티샤와 헨리에타가 방을 나섰다. 적시운은 차수정을 돌아보고 말했다.

"못해도 10분 내로 준비 다 마치라고 해. 그 후엔 네가 지휘하고. 내가 늦을지도 모르니 최대한 버티는 쪽으로 가닥을 잡아."

"알겠어요, 선배."

"나, 나도 같이 가!"

문수아가 매달리다시피 적시운을 붙들었다. 적시운은 그녀의 손을 떼어냈다.

"안 돼. 방해된다."

"방해되지 않도록 최선을……."

"존재 자체가 방해야."

울컥한 문수아가 뭐라 받아치려 했으나 이내 표정을 구기며 고개를 숙였다.

"화란 님과 자매들, 구해줄 수 있어?"

"몰라. 솔직히 확답은 못 하겠다."

적시운은 솔직하게 대답했다.

피부를 간질이는 수준으로만 느껴지는 기운. 희미하다고 우습게 볼 것이 결코 아니었다. 오히려 대놓고 느껴지는 기운보다도 위험하고 강력하다고 봐야 했다. 백진율을 제외하면 사실상 가장 강력한 상대일 터. 한국에 돌아온 이후 두 번째로 맞는 위험한 적수였다.

"그럼 최선을 다하겠다고 말해줘."

"최선을 다할 거다. 그러니 얌전히 기다려."

고개를 끄덕인 문수아가 뒤로 물러났다.

작게 한숨을 쉰 적시운이 창밖으로 신형을 날렸다.

요화란의 아지트까지는 그리 멀지 않았다. 격식 따지며 정문으로 들어갈 상황은 아니었기에 적시운은 2층 창문을 뚫고서 방 안으로 들어섰다.

"빠르네."

요화란이 허탈한 미소를 지었다. 적시운은 그녀의 뒤편에 선 이들에게 시선을 보냈다.

"뭐냐, 너희들."

거구의 사내가 입을 열었다.

"이렇게 만나는 건 처음이로군. 제석천이라 합니다."

팔부신중의 수장. 문수아를 통해 입수해 둔 정보들이 머릿속에서 재생됐다.

"이쪽은 아수라와 범천입니다. 저와 마찬가지로 팔부신중의 일원들이지요. 그리고……."

"됐어."

적시운이 차가운 어조로 말을 잘랐다.

"사이좋게 통성명 나눌 만큼 평화로운 사이도 아니고, 네 놈들 이름을 듣고 싶지도 않다. 귀가 썩는 기분이거든."

"와! 너무하네, 정말."

뒤편의 어둠에서 목소리가 들려왔다. 그쪽을 노려본 적시운이 미간을 찌푸렸다.

"대체 뭐냐, 넌?"

"가루다라고 합니다! 잘 부탁해요, 적시운 씨!"

"괴물 새끼로군."

"뭐가 어째?"

변조된 듯한 소년의 음성이 씩씩거렸다.

제석천은 놀랐다는 눈으로 적시운을 바라봤다.

"대단하군요. 첫 만남에 거기까지 간파한 사람은 처음입니다."

"놀랄 것 없어. 어차피 나머지 너희들도 싹 다 괴물 새끼니까. 괴물 패거리에 괴물이 끼어 있는 게 이상한 일은 아니지."

"글쎄요. 당신이 할 말은 아니라고 봅니다만."

제석천의 눈매가 순간 가늘어졌다.

"천마의 후예여."

"……."

적시운은 요화란에게로 고개를 돌렸다. 그녀는 시선을 직시하지 못한 채 눈을 내리깔고 있었다.

"경고를 받자마자 이렇게 나오는군."

"변명하지는 않겠어. 날 개년이라고 생각한다면 그렇게

생각해."

"딱히. 어차피 뭔가 약점을 잡힌 거잖아."

그녀의 몸속엔 군림고가 심긴 상태.

군림고에 의한 암시는 대개 3가지 단계로 이루어진다.

1단계는 강압. 적시운에게 적대적인 행동을 하려 하면 육체가 이를 거부한다.

그 와중에도 기어코 고집을 부려 암시를 거스르려 하면 기혈이 뒤틀리는 격통이 몸을 찾아온다. 이것이 2단계, 격압(激壓)의 단계였다. 그 고통이란 실로 형언하기도 힘든 수준.

문수아의 경우엔 1단계조차 넘어서질 못했다. 때문에 도리어 고통은 거의 받질 않았다.

반면 요화란은 2단계마저 넘어선 뒤. 이른바 쇄압(碎壓)이라 불리는 3단계였다. 그 과정에서 겪었을 고통은 근골이 뒤틀리는 수준이었으리라.

실로 무서운 정신력.

그렇기에 적시운도 화를 내지 않았다. 오히려 그녀에게 연민마저 느낄 지경이었다.

"조금 기다려. 지금 군림고를 해제할 테니."

"아니, 하지 마."

요화란이 고개를 들었다. 그제야 적시운은 깨달았다. 그녀가 눈을 내리깔았던 것은 미안해서가 아니라 고통을 참기 위함이었다는 것을.

입가를 따라 흐르는 선혈.

적시운은 얼음장 같은 얼굴로 제석천을 노려봤다.

"무얼 가지고 협박한 거냐."

"인륜(人倫). 천무맹에 대적할 시엔 주작전 무사들과 그 혈육들을 모조리 제거하겠노라고 했습니다."

"그런 말을 아무렇지도 않게 지껄이는군."

"저는 주작전주를 존경합니다. 비록 한때나마 잘못된 길을 택했으나, 그녀는 보다 중요한 가치를 위해 스스로를 희생하기로 결심했지요."

"네 협박에 못 이겨 굴복한 거겠지."

"대의를 위해선 피눈물을 삼키고서 수라도(修羅道)를 걸어야 할 때도 있는 법입니다."

"내가 만나본 놈들 중에선 네가 최고의 개새끼다."

"감히 제석천께 그런 말을!"

핑크스타일의 여성, 아수라가 발끈하여 소리쳤다. 하지만 적시운의 눈을 본 순간 흠칫하여 얼어붙었다.

"그 퍼런 것 좀 다물고 있어, 찢어버리기 전에."

"큭……!"

적시운은 요화란에게로 다가갔다.

"군림고를 해제할 테니 조금만 기다려."

"하지 않는 게 좋을 겁니다."

"넌 닥쳐."

"이 말의 주어는 당신이 아닌 그녀입니다. 그렇지 않습니까, 주작전주?"

고개를 끄덕인 요화란이 양팔을 뻗었다. 두 자루의 비도, 흑월과 삭월이 날아들었다.

"하지 마."

적시운이 말했다.

요화란은 처연한 미소를 짓고서 고개를 저었다.

"해야만 해."

적시운을 향해 살기를 쏜 그녀가 그대로 몸을 날렸다. 그녀의 몸속에서 군림고의 마지막 단계가 발동되었다.

푸확!

기혈이 역행한 순간 주화입마가 일어났다. 요화란은 두 걸음을 채 옮기지 못하고서 피투성이가 되어 널브러졌다.

쓰러지는 그녀를 적시운이 부축했다.

우우웅.

급히 군림고를 해제하고 그녀의 몸속에 기운을 불어넣었다. 절명을 막을 순 있었으나 응급치료밖에 되지 않았다. 체내의 기혈이 모조리 뒤틀려 조금만 충격을 받아도 숨이 끊길 가능성이 높았다.

짝. 짝. 짝.

묵직한 박수 소리가 방 안을 울렸다. 적시운이 돌아보니 제석천이 뜨거운 눈물을 흘리며 박수를 치고 있었다.

"훌륭합니다, 주작전주."

가까스로 눈을 뜬 요화란이 힘겨운 시선을 제석천에게 보냈다.

"약속은…… 지키는 거지?"

"예, 팔부신중과 천무맹의 명예를 걸고 약속합니다. 귀하 휘하의 주작전 무사 및 그 혈육들에게 손대는 일은 결코 없을 겁니다."

"약속…… 했어."

그제야 안도하는 요화란.

적시운은 그녀의 몸에 내기를 불어넣는 데에만 집중했다. 주입이 잠시라도 끊기면 그녀의 목숨이 위험해질 터였다.

"지금 치죠?"

아수라가 혀를 핥으며 말했다. 그러나 제석천은 착잡한 얼굴로 그 광경을 바라볼 따름이었다.

"소용없는 일입니다. 출혈이 너무 심합니다. 단순한 내공 주입만으로는 시간만 조금 벌 수 있을 따름입니다."

"닥쳐."

"저게 또?"

아수라가 나서려 했으나 제석천이 손을 들어 제지했다.

"왜 그래요, 자꾸?"

"그럴 만한 자격이 있기 때문입니다."

"저 한국 놈한테요?"

"아니, 그녀에게 말입니다."

"……."

아수라가 팔짱을 끼고서 한걸음 물러났다. 그래도 여전히 불안한 듯 마뜩잖은 눈으로 적시운을 쏘아보는 그녀였다.

요화란이 적시운을 보며 웃었다.

"나 싫어하던 거 아니었어?"

"그랬지. 지금도 딱히 좋아하진 않아."

"그런데 왜 이렇게 살리려고 애써? 날 동정하는 거야?"

"동정하는 게 나쁜가?"

"동정받는 게…… 나쁘다고 생각했던 적이 있어. 연민이 란 결국 얕잡아 보는 감정이라고……."

"그만 말해."

"그런데 동정을 받아보니 그리 나쁜 느낌만은 아닌걸."

요화란의 목소리가 차츰 희미해졌다.

"당신…… 조금만 더 빨리 만났다면……."

방 안에 정적이 찾아왔다.

1분여의 시간이 흐르고 적시운이 몸을 일으켰다.

"그녀를 향한 추모는 끝났습니까?"

"아니."

제석천의 물음에 적시운이 대답했다.

"추모는 좀 더 시간을 들여 천천히 할 거다."

푸확!

흑색의 강기가 적시운의 양어깨를 타고 치솟았다.

"너희들 전부를 쳐 죽인 다음에."

3

호의를 가졌던 것은 아니었다. 인간적 유대를 느낄 정도의 계기나 시간이 있었던 것도 아니다.

굳이 따지자면 이해관계가 일치했을 뿐. 그녀에게 그 이상의 감정을 품었던 적은 없었다. 그런데도 온몸이 끓어올랐다. 격렬한 분노가 척추를 타고 올라와 뇌수까지 불사르는 듯했다.

제석천은 군림고에 대해 알고 있었다. 완벽히 파악하진 못했어도 최소한 요화란이 어떤 상태에 있는지는 깨달았을 것이다.

그래서 그는 그녀를 협박했다.

변절의 대가를 치르라고, 그러지 않을 시엔 1천 명의 목숨을 거두겠노라고.

그래서 요화란은 결심했다. 자신을 희생해 1천 명을 살리기로.

군림고를 심지 않았다면 그녀가 살았을까?

그렇지는 않을 것이다. 그 경우엔 다른 방식으로 그녀의 목숨을 거둬갔을 테지.

하지만 어찌 되었든 그녀는 군림고의 작용으로 인해 목숨을 잃었다. 결국 제석천이 적시운의 안배를 역이용한 것이다. 적시운은 그것을 결코 용서할 수가 없었다.

"너흰 죽는다, 여기서."

적시운이 말했다.

아수라가 두려움 섞인 얼굴로 이를 갈았다. 범천은 암석 같은 얼굴로 기수식을 취했다. 그리고 제석천은 담담히 말했다.

"가루다, 이 근방에 저 사내의 일행이 있다. 그곳으로 가라."

"가서 다 죽여요?"

"그래, 인질로 사용할 한 명만 빼놓고 전부."

적시운의 눈에서 귀화(鬼火)가 이글거렸다.

"가게 둘 것 같나!"

"가십시오."

짤막하게 말을 내뱉은 제석천이 적시운에게로 쇄도했다.

아수라와 범천이 그 뒤를 쫓았다.

'뚫는다!'

허튼짓을 하게 둘 생각은 없었다.

목표는 그림자. 단번에 꿰뚫어버릴 생각이었다.

[병정을 찾게!]

천마가 돌연 소리쳤다. 그 순간 적시운도 깨달았다. 마냥
뚫고 나가려 하다간 크게 다칠 수도 있다는 것을.

제석천이 내공을 발했다. 막았던 둑이 터지듯 막대한 기류
가 그의 몸을 휘감았다. 적시운이 상상한 것 이상이었다.

쾅!

폭발이 호텔 건물을 뒤흔들었다. 벽면이 통째로 터져 나가
며 불꽃과 파편을 어둠 속으로 쏟아냈다.

화악!

먼지구름을 뚫고 적시운이 튀어나왔다. 범천과 아수라, 제
석천이 그 뒤를 따랐다.

정면으로 권격을 주고받았다. 그 충돌만으로도 건물 벽이
모조리 터져 나갈 정도의 충격파가 일었다.

'결과는?'

굳이 따지자면 무승부. 그 사실만으로도 적시운은 적잖은
충격을 받았다.

'얕볼 수 없는 놈이다.'

제석천은 손목을 휘휘 젓고 있었다. 그의 표정 역시 눈에 띄게 굳은 상태. 아마도 적시운과 비슷한 심정인 듯했다.

'그 괴물 놈은······.'

기감을 펼친 적시운이 이맛살을 찌푸렸다. 내내 느껴지던 기괴한 느낌이 거짓말처럼 사라진 뒤였다.

'대체 놈은 뭐지?'

찝찝한 의문. 하지만 생각할 겨를이 없었다. 범천과 아수라가 허공을 박차고 달려들었던 것이다.

두 사람 모두 최소 요화란급. 어쩌면 그 이상일지도 모른다. 제석천만큼은 아니어도 당대의 고수라 하기에 부족함이 없었다. 적시운으로선 아무래도 좋았지만.

"꺼져!"

일갈을 토하며 천랑섬권을 내려찍었다. 정면으로 권격을 받은 범천의 몸이 낙뢰처럼 내리꽂혔다.

쾅!

호텔 옥상까지 치솟는 먼지구름.

그사이 아수라는 적시운의 관자놀이를 찔러 들어갔다. 손아귀에 들린 무기는 장침(長針). 의료용으로나 쓰일 법한 물건이었으나, 강력한 맹독이 발려 있어 상급 마수조차 일격에 절명시킬 수 있을 정도였다.

"찔리지 않으면 그만이야."

콱!

아수라의 팔목이 허공에 붙들렸다. 공업용 프레스 수준의 강력한 악력이 적시운의 손아귀를 타고 전해졌다.

"으으윽!"

아수라의 낯빛이 파랗게 질렸다. 호신강기 덕택에 단번이 부스러지진 않았으나 뼛속까지 짓눌리는 격통만큼은 어쩌지 못했다.

퉤!

아수라가 무언가를 뱉었다. 은빛으로 반짝이는 자그만 침. 그러나 적시운에게 닿지 못한 채 호신강기에 막혀 바스라졌다.

그사이 쇄도해 온 제석천이 적시운을 후려쳤다. 적시운은 아수라를 놓치며 밀려났다.

"가, 감사해요."

"그는 강합니다. 정신 바짝 차리십시오."

쌔애액!

제석천의 말이 끝나기 무섭게 반격이 되돌아왔다. 초음속으로 펼쳐진 권격이 제석천의 복부에 꽂혔다.

와장창!

호텔 벽면의 창문이 모조리 박살 났다. 유리 조각이 우수수 떨어지는 가운데 제석천의 신형이 건물 외벽에 틀어박혔다.

적시운은 재차 치고 들어가 권격을 날렸다. 못을 박아 넣는 망치처럼 각각의 권격이 제석천을 건물 안쪽으로 밀어 넣었다.

쿵!

복도의 벽을 뚫고 날아가는 제석천. 뒤쫓아 간 적시운이 깍지 낀 양손을 내려찍었다.

쾅! 쾅! 쾅!

10층에서 시작된 추락이 3층까지 이어졌다.

각 층의 바닥을 뚫고 내려간 제석천의 몸은 먼지와 콘크리트 가루로 범벅이 되었다. 그럼에도 눈에 띄는 외상은 없었다.

[금강불괴지체로군. 소림 땡초들이 만들어낸 괴물.]

천마가 질린 어조로 중얼거렸다.

[어지간한 강기로는 흠집조차 내기 어려울 걸세. 패나 귀찮게 되었어.]

'내상을 입혀야 하나?'

[그 정도로 해결될 몸뚱이라면 금강불괴 소리도 듣지 않을 테지. 아마 내상에도 완벽한 방비가 되어 있을 걸세.]

적시운은 미간을 구겼다. 그저 튼튼한 몸뚱이일 뿐이라면 그리 두려울 건 없었다. 깨질 때까지 두들기고 또 두들기면 될 일이었으니까.

하지만 이번엔 상황이 더러웠다. 지금 이 순간에도 가루다가 무슨 짓을 하고 있을지 알 수 없었다.

일단은 이곳을 이탈해 일행과 합류해야겠다고 생각한 순간.

"아수라! 범천! 그를 막으십시오!"

아래쪽으로부터 사자후가 터져 나왔다. 곧이어 뚫린 벽을 통해 두 개의 신형이 짓쳐 들었다.

"개 같은 한국 새끼! 가게 둘 것 같아?"

"천무맹에 반기를 든 자, 이곳에 뼈를 묻게 될 것이다!"

절묘하게 치고 들어오는 연수합격. 아수라는 내공이 실린 장침을 빗발처럼 뿌렸고, 그 틈새로 범천이 휘두르는 박도의 도강이 날아들었다.

피할 여유가 없었기에 적시운은 도리어 정면으로 치고 나갔다. 호신강기와 염동력 배리어를 2겹으로 치니 장침들이 파고들지 못한 채 튕겨 나갔다.

쉬익!

유일하게 방어막을 뚫고 들어오는 것은 범천의 박도. 핏빛 도강을 머금은 칼날이었다.

[혈도강기(血刀罡氣)……. 하북팽가의 도법이로군!]

'알 바 아냐!'

어디의 무슨 도법인지 따위는 중요하지 않았다. 그저 깨부 술 뿐!

적시운은 쇄도하는 도강을 향해 낭혼격권으로 응수했다.

쾅!

또 한 번의 후폭풍이 건물을 뒤흔들었다. 내상을 입은 범천 이 피를 토하며 주르륵 밀려났다. 그리고 아수라는 웃었다.

"끝이야!"

장침 한 자루가 파르르 떨리며 달빛을 튕기고 있었다. 적 시운의 목덜미를 반치쯤 파고들어 간 상태로.

"뭔가 문제라도 생긴 걸까요?"

"글쎄요…….'

2인용 스위트룸.

차수정 일행은 무기를 소지한 채 한자리에 모여 있었다.

무기라고 해봐야 권총 몇 정과 군용 나이프 몇 자루가 전부. 세부 현지에서 급히 구해야 했기에 이 정도가 최선이었다.

야쿠자 간의 다툼으로 인해 자동화기나 대물 병기가 강하 게 제재되었고, 주작전의 무사들 또한 검이나 비도 같은 날 붙이만을 애용했던 까닭이다.

어쨌든 이런 무기라도 없는 것보단 나았다. 흠집만 입히고 말 것을 생채기라도 낼 수 있게 해줄 테니.

"뭔가 예상되는 일이라도 있어?"

차수정이 문수아를 향해 물었다. 음울한 얼굴로 웅크리고 있던 문수아가 고개를 가로저었다.

차수정은 다그쳐서라도 정보를 얻고 싶었으나 이내 관두었다. 그리 사이가 좋지 않았던 그녀조차도 연민을 느낄 만큼 문수아는 피폐해져 있었다.

"뭐, 결국은 천무맹 놈들이 쳐들어온 것 아니겠어?

밀리아가 큼직한 쿠크리의 칼날을 닦으며 중얼거렸다.

"아니면 그 여자가 또 손바닥을 뒤집은 건지도 모르지."

"밀리아 님."

"가능성이 아예 없는 건 아니잖아, 아티샤. 솔직히 이렇게 간단히 같은 편이 된다는 게 말이 돼? 한나절 전까지만 해도 적이었던 사이에?"

"전 그분을 믿고 싶어요."

"믿는 거야 네 자유지만 그걸 강요……."

밀리아의 목소리가 잦아들었다. 모두가 의아해하는 가운데 그녀가 쿠크리를 움켜쥐었다.

"뭔가가 있어."

"……!"

버서커 특유의 야수 같은 감각. 그녀가 그렇다고 한다면 그런 것이었다.

일행은 조심스럽게 무기를 쥐었다. 권총을 장전한 헨리에타가 긴장한 어조로 물었다.

"어느 쪽이야? 거리는 어느 정도고?"

"그게…… 이미 이 안에 들어와 있어."

"뭐?"

일행의 시선이 방 안을 어지러이 훑었다. 대체로 천장이나 바닥, 벽 너머를 살피는 식. 반면 밀리아는 신발장 쪽의 어두운 공간을 뚫어져라 노려봤다.

"저기에 뭔가가 있어."

짝! 짝! 짝!

어둠 속에서 돌연 박수 소리가 들려왔다. 잔뜩 긴장해 있던 일행의 등허리에 소름이 돋았다.

"제법인데? 12강쯤 되는 실력자가 아니고선 웬만하면 간파하지 못하는데 말이야."

어린아이의 그것처럼 낭랑한 목소리였다. 다만 군데군데 변조된 기계음 같은 노이즈가 섞여 있었다.

웅크려 있던 문수아가 고개를 들었다. 그녀의 눈동자가 거세게 흔들렸다.

"가루다……!"

"응? 날 아네? 아, 그 목소리 기억났다. 요화란한테 보고 올렸던 계집애지? 그 한국인한테 붙잡혔다던."

"화란 님은…… 어떻게 되었지?"

"와, 너 진짜 건방지다. 암만 변절자래도 급이 있는 법인데 다짜고짜 질문질이네?"

"대답이나 해! 화란 님은 어쨌어!"

쿡쿡거리는 웃음소리가 돌아왔다. 이윽고 익숙한 목소리가 어둠을 타고 흘러나왔다.

"당신…… 조금만 더 빨리 만났다면……."

"……!"

요화란의 목소리였다. 당장에라도 꺼질 것 같은 촛불 같은 음성이었다. 마지막 생명의 심지가 소멸해 갈 때의 소리였다.

"그리고 꼴깍 죽어버렸어."

깔깔거리는 웃음소리가 뒤를 이었다. 가까스로 남아 있던 문수아의 이성이 날아가는 순간이었다.

"죽여 버린다!"

"멈춰!"

차수정이 소리쳤으나 이미 늦었다.

신형을 날린 문수아가 천잠은사술을 펼쳤다. 번쩍이는 와이어가 어둠을 수 겹으로 감싸들었다. 그리고 공허한 허공만을 훑었다.

퍼퍽!

무언가에 격타당한 문수아가 튕기듯 날아갔다. 그렉이 급히 몸을 날려 그녀를 받았다.

"커흑!"

핏물을 토하는 문수아. 단 일격뿐임에도 심각한 내상을 입은 듯했다.

황급히 그녀의 가슴에 손을 얹은 그렉이 변형술을 펼쳐 내상을 봉합했다.

"잠자리의 날개를 뜯어본 적 있어?"

어둠 속의 존재, 가루다가 쾌활하게 물었다.

"날개를 잃고 버둥거리는 꼴이 그렇게 유쾌할 수가 없거든? 근데 그보다 너희가 버둥거리는 게 더 재미있어."

"미친 새끼."

씹어뱉듯 소리친 밀리아의 얼굴에 돌연 경악이 스쳤다. 버서커로서의 야성적인 본능이 가루다의 정체를 가르쳐 주었던 것이다.

"너⋯⋯!"

그, 혹은 그녀라고 할 수도 없는 존재. 그것을 향해 밀리아가 중얼거렸다.

"사람이 아닌 마수였어?"

그 순간, 일행은 어둠 속에서 투명한 미소가 떠오른 것 같다는 착시를 느꼈다.

"들켰네?"

4

마수, 괴물, 몬스터, 이형물.

그 존재들은 수많은 이름으로 불려왔다.

그러나 사람들은 가장 기본적이며 핵심적인 표현에 대해선 의도적으로 생각하길 꺼려 했다.

이계의 존재, 포탈을 타고 넘어온 다른 세계로부터의 존재.

그 대부분은 물론 괴물이라고밖에 불리기 힘든 무언가였다. 그러나 개중엔, 특히나 상위 개체 중엔 인간에 준하는 지성과 감정을 지닌 개체들이 존재했다.

후에 셰이드 로드(Shade Lord)라고 명명되는 상위 마수 또한 그중 하나였다.

육체를 지니지 않은 가스형 마수. 그늘진 장소에서만 존재할 수 있다는 약점까지 존재했다.

주먹만 한 크기의 코어를 제외하면 몸뚱이라 할 만한 것이 존재하지 않았다. 사용 가능한 물리력은 단순한 형태의 에너지 블라스트 정도. 약하진 않으나 강하다고 하기에도 조금은 애매했다.

그러나 랭크를 분류하자면 S급 이상. 전투력 자체는 여타 S급에 비하면 상당히 떨어지는 편이었으나 활용도는 압도적이었다.

고유 능력은 아공간 이동. 3차원 좌표 내의 어느 곳이든, 한 번 방문한 곳이라면 이동하는 게 가능하다.

또한 100m 이내의 그늘진 공간이라면 어디든 순간 이동할 수 있다.

최대 이동 범위는 이론상 무제한. 다만 거리가 멀수록 대량의 에너지를 소모하며 기운을 모으기 위한 시간이 필요하다.

셰이드 로드는 인간의 문명에 흥미를 느꼈다. 그중에서도 신화와 전설, 환상과 설화에 깊은 관심을 가졌다.

때마침 한 명의 인간을 만날 수 있었다. 자신과 거의 필적할 정도의 잠재력을 지닌 인간을.

셰이드 로드는 그로부터 많은 지식을 습득했다. 그리고 그중에서도 하나의 환수(幻獸)에 강하게 매료되었다.

가루다(Garuda).

천룡팔부 중에서도 가장 거대한 신이자 금시조라고도 불리는 영물.

활짝 펼친 두 날개는 336만 리(里)에 이르며 날갯짓을 하면 닿지 못할 곳이 없다. 그 무엇에도 구애받지 않는, 세상 위에 홀로 군림하는 신조(神鳥).

그 개념은 셰이드 로드를 매혹시켰다. 그리하여 팔부신중의 일원, 가루다가 탄생했다. 인간에게 흥미를 지닌 마수라는 비밀과 함께. 물론 그 흥미란 어디까지나 가지고 노는 장난감의 개념에 가까웠지만.

"너흰 정말 재미있어. 너무 재미있어서 싹 갈아버리고 싶을 정도란 말이지."

어둠 속에서 들려오는 변조된 음성. 소름 끼치는 감각 속에서도 일행은 정신을 다잡았다.

"네놈, 정말로 마수인가?"

"왜, 출생 신고서라도 떼어다 줄까?"

그렉의 질문에 냉소로써 화답하는 가루다. 생각 이상으로 깊이 인간을 이해하고 있는 반응에 일행은 전율했다.

"대가리 굴러가는 소리가 훤히 들리는군. 너희 생각을 알 것 같아. 어떻게 마수 주제에 우리 인간님들처럼 사고하고 표현할 수가 있지? 놈들은 기껏해야 맛이 간 짐승 나부랭이들에 불과한데? 뭐, 그런 식으로 머리를 굴리고 있겠지."

"……."

"미안한데 틀렸어. 너희는 이 세상의 주인 같은 게 아니야. 우리의 장난감이자 먹잇감일 뿐이지."

"천무맹의 인간들도 네 정체를 알고 있나?"

"네가 물으면 내가 친절하게 대답해 줘야 하니?"

스스스스.

방 안의 어둠이 꿈틀대기 시작했다. 진득한 살기가 방 전체를 감싸기 시작했다. 마치 거대한 괴물의 위장 속에 갇힌 것만 같은 기분. 가만히 있다간 그대로 당하고 말 터. 어떻게든 행동에 들어가야만 했다.

가장 먼저 움직인 것은 헨리에타였다. 허리춤을 스치는 손에는 섬광탄이 들려 있었다.

번쩍!

빛이 방 안을 환히 물들였다. 순간적으로 가루다가 발하는 기운이 움츠러들었다. 그 틈을 놓치지 않고 차수정이 신형을 날렸다.

'놈의 위치는?'

본능으로도 기감으로도 알아차리기 어려웠다. 밀리아가 알아챌 수 있었던 것도 버서커로서의 특성 덕택이었을 터. 남이 쉽게 따라 할 수 있는 성질의 것이 아니었다.

할 수 없이 방 전체를 얼리는 쪽을 택했다.

촤아악!

손끝으로부터 뿜어져 나온 냉기가 방 전체로 퍼져 나갔다. 가루다에게 영향을 주었는지는 여전히 미지수였다.

"밀리아! 놈의 상태는?"

"사라졌어!"

"그럼 일단 여기서 빠져나가자!"

그렉이 문수아를 안아 들었다. 일행은 누가 먼저랄 것 없이 창밖으로 몸을 던졌다.

쨍강!

아래쪽은 정원. 2층 높이였기에 다치거나 할 일은 없었다. 일행은 착지하자마자 누가 먼저랄 것 없이 뛰었다.

콰직! 쨍강!

곳곳에 켜져 있던 가로등이 마구 깨져 나갔다. 정원 안이 삽시간에 어두워졌다.

"어딜 가려고?"

한순간 등 뒤에서 들려오는 속삭임.

차수정이 반사적으로 주먹을 휘둘렀다. 그러나 손끝에 닿는 것은 허공뿐. 이윽고 완벽한 사각으로부터 무언가가 날아들었다.

"……!"

차수정은 가까스로 공격을 피했다.

날아든 것은 일종의 에너지 블라스트.

콰직!

그녀를 스쳐 지나간 검푸른 덩어리가 아름드리나무를 꺾어놓았다.

탕!

총성이 울렸다. 블라스트가 날아든 방향으로 헨리에타가 방아쇠를 당긴 것이다.

그러나 탄환은 애꿎은 허공만을 스쳐 지나갔다.

더 갈겨봐야 총알 낭비임을 깨달은 헨리에타가 권총을 거뒀다.

"칫!"

"헨리에타! 섬광탄, 몇 발 남았죠?"

"저한테 3발, 아티샤한테 2발이 더 있어요."

"최대한 아껴두세요!"

쐐액!

소리치는 차수정의 정수리 위로부터 흑색 에너지 블레이드가 떨어져 내렸다. 이번엔 그녀도 미처 감지하지 못했다.

"어딜!"

밀리아가 몸을 날려 차수정을 밀쳐 냈다. 그대로 내리꽂힌 칼날이 정원 바닥을 쩍 갈라놓았다.

"고, 고맙……."

"감사 인사는 나중에! 일단 달려!"

"가게 둘 줄 알고?"

휘리리릭!

폴터가이스트와 비슷한 현상이 일어났다. 정원 안에 있는 물건이란 물건은 모조리 날뛰기 시작했다.

뿌리째 뽑혀 날뛰는 거목, 승천하듯 치솟아 오르는 바위, 돌담에서 뜯겨 나온 벽돌들과 부메랑처럼 날뛰는 원예 도구.

거의 모든 방향에서 쇄도해 오는지라 일일이 방어한다는 건 불가능했다.

"큭! 빌어먹을 자식!"

"계속 달려요!"

정원 바깥으로 나왔을 때, 차수정 일행은 한 명의 예외도 없이 피투성이였다.

그나마 다행인 건 치명상을 입지는 않았다는 것. 상처로 인해 굼떠지거나 발목 잡히지 않은 게 위안거리였다.

'어쩌지? 어떻게 하지?'

차수정은 혼란 속에서 고뇌했다. 머릿속은 새하얗게 탈색된 뒤. 난생처음 상대하는 타입의 마수이자 적인지라 대응 방안의 첫 단계조차 떠오르질 않았다.

이는 헨리에타 일행도 마찬가지. 마수 사냥에 잔뼈가 굵은 그들이었으나 이런 타입의 상대는 역시나 처음이었다.

'선배라면 어떻게 했을까?'

묘수 따위가 떠오를 리는 없었다. 그래도 적시운을 생각하니 조금은 냉정이 돌아오는 것 같았다.

'우선은 할 수 있는 일부터!'

촤악!

내달리던 차수정이 미끄러지듯 신형을 반전했다. 나란히 달리던 밀리아가 이를 악물었다.

"뭐 하려는 거야!"

"건물 안으로 들어가면 위험해요. 오히려 바깥이 나아요!"

호텔은 내부 정원을 빙 두르는 형태로 세워져 있었다. 밖으로 달아나려면 필연적으로 건물 안을 스쳐 지나가야 하는 구조. 그러나 건물 안으로 들어갔다간 놈의 먹잇감이 될 뿐이란 게 차수정의 생각이었다.

"실내 전기는 먹통이 되었을 거예요. 기껏해야 촛불이나 켜고서 상대해야 할 텐데, 그보다는 이곳이 나아요."

일행의 머리 위가 희미하게 밝아졌다. 구름 사이로 달이 고개를 슬쩍 내밀고 있었다.

"……좋아."

밀리아가 차수정의 곁에 섰다. 헨리에타와 그렉도 그녀에게 동조했다.

"내려줘."

나직한 목소리. 문수아였다.

"좀 더 안정을 취해야 한다. 아직 내부 상처가 완전히 봉합되지 않았다."

"다 죽고 나면 안정이고 뭐고 취할 수도 없잖아. 이 정도면 그럭저럭 싸울 순 있어."

잠시 고민하던 그렉이 그녀를 내려줬다. 문수아는 허리춤의 주머니에서 은사가 연결된 골무를 꺼내 끼웠다.

"아까 전처럼 무턱대고 달려들지는 마. 두 번째는 못 구해 주니까."

"더 이상은 그럴 일 없을 거야."

차분히 대답하는 문수아의 두 눈은 차갑게 빛나고 있었다. 복수심과 증오를 느끼고는 있으되 이성의 끈을 놓치지는 않은 상태. 단언한 대로 아까 전과는 확연히 달랐다.

스스스스.

일행의 전방, 나무 아래의 그늘이 기묘하게 일렁였다.

"도망치는 건 포기한 모양이지?"

속을 박박 긁듯 비아냥대는 음성. 차수정은 욕지기가 치밀었으나 애써 억눌렀다.

"그래, 술래잡기는 이제 질렸거든."

"하! 그럼 지금부터는 뭘 하려고?"

"몰이사냥. 널 사냥해 주겠어."

"얼굴은 반반하게 생긴 계집애가 허풍이 좀 심하네?"

"괴물 주제에 사람 얼굴 품평하긴. 네가 인간의 미적 기준을 이해할 수나 있다고 생각해?"

"물론이지. 우리는 너희보다 우월한 존재니까."

"너흰 그저 괴물일 뿐이야."

"흥, 우매한 하등동물이나 할 법한 말이로군."

"그 하등동물들이 할 수 있는 것도 하지 못하는 주제에."

차수정이 차갑게 웃었다.

"대답해 봐. 꽃잎에 맺혀 있는 이슬을 어루만질 수 있어? 겨울날 모닥불의 따스함을 느낄 수는 있어?"

"……."

"네가 할 수 있는 건 여기저기 옮겨 다니며 부수고 파괴하는 일뿐이겠지. 안 그래? 인간인 척하고 인간처럼 말을 하지만, 너는 결코 인간이 될 수 없는 괴물이야."

"……제법 지껄일 줄 아는 계집이군. 너는 맨 마지막에 죽여줄게."

가루다가 기운을 확장하기 시작했다. 건물 전체가 암흑으로 물드는 것만 같았다.

"밀리아 씨, 지금도 놈의 위치를 확인할 수 있나요?"

"대충은."

밀리아의 시선이 빠르게 어둠 속을 훑었다.

"기분 나쁜 느낌의 무언가가 그늘 속에서 요리조리 움직이고 있어. 가끔씩은 멀리 떨어져 있는 곳에 떡하니 나타나기도 하고."

"다들 상급 텔레포터와 싸운다고 생각하세요. 밀리아 씨는 지속적으로 놈의 위치를 얘기해 주세요. 저와 헨리에타

씨가 딜러가 되겠습니다. 그렉 씨는 서포터를, 아티샤 씨는 탱커 역할을 해주세요."

"나는?"

문수아를 돌아본 차수정이 조금 생각하다가 말했다.

"은사를 그물처럼 엮는다고 치면 어느 정도까지 촘촘하게 펼칠 수 있지?"

"바늘까지는 무리여도, 주먹 정도는 통과하지 못하게 만들 수 있어."

"그 수준으로 그물을 쳐 줘. 신호는 밀리아 씨가 보낼 거야."

문수아가 고개를 끄덕였다.

크게 심호흡을 한 차수정이 일행을 향해 말했다.

"정신 바짝 차려요, 다들. 이번에야말로 우리 힘으로 이겨 보이는 거예요."

목덜미에 꽂힌 장침으로부터 맹독이 스며든다. 맹독은 혈관을 타고 신경계 전반으로 퍼져 나간다. 삽시간에 퍼진 맹독은 조만간 육체를 파괴할 터. 제아무리 강맹한 존재라 해도 1분을 버티지 못할 것이었다.

[천룡혈독공이 없었다면 말이지.]

스스스스.

하단전을 중심으로 내공으로 이루어진 항체가 생성된다. 맹독의 성질과 효과는 삽시간에 파악되고, 육체 전체가 방어기제를 작동시킨다.

그 모든 과정은 찰나지간에 이루어졌다. 아수라는 본능적으로 그 사실을 깨닫고서 경악했다.

"어, 어떻게!"

5

파스스스.

목덜미에 꽂혀 있던 장침이 가루가 되어 흩날렸다.

잠시 입속으로 뭔가를 굴리던 적시운이 시커먼 덩어리를 퉤 뱉었다. 피 섞인 맹독 덩어리. 아수라의 장침에 묻어 있던 독이었다.

"마, 만독불침?"

"거의 그럴걸."

태연히 대꾸한 적시운이 그녀를 향해 손을 뻗었다.

"큭!"

아수라가 급히 뒤로 몸을 뺐으나 휘날리는 머리채가 손아귀에 붙들렸다. 적시운은 일말의 주저도 없이 팔을 내려쳤다. 채찍처럼 들린 아수라의 몸이 그대로 바닥에 찍혔다.

"커억!"

아수라의 몸뚱이가 바닥을 뚫고 들어갔다. 그 와중에도 적시운은 손을 놓지 않았다. 아수라는 아래층 천장에 대롱대롱 매달린 꼴이 되었다.

"놈!"

혈도강기를 머금은 시뻘건 칼날이 범천의 손아귀에서 날 뛰었다.

적시운의 호신강기로도 막아내지는 못할 위력. 도신의 궤적이 스치는 곳마다 걸리는 모든 게 깔끔히 잘려 나갔다.

"벨 테면 베어보시지."

우둑!

적시운이 손을 끌어당겼다. 아래층에 매달려 있던 아수라가 순무처럼 뽑혀 나왔다.

"아아악!"

"큭!"

하필이면 도신 앞. 졸지에 방패막이 되어버린 아수라로 인해 범천의 움직임이 경직됐다. 적시운은 그 틈을 놓치지 않고 천랑섬권을 펼쳤다.

쾅!

대폭발이 복도를 휩쓸었다.

권격은 아수라의 등허리에 꽂혔다. 직접적인 충격만으로 그녀의 척추가 분질러졌다. 비교적 가까이에 있던 범천 또한 충격파에 휩쓸려 수십 m를 튕겨 나갔다.

콰과과광!

충격파가 호텔 내의 가스 파이프에도 영향을 준 듯 곳곳에서 폭염이 터져 나왔다.

어지러이 휘날리는 불꽃의 향연 속에서 범천은 이를 악물었다.

'우선은 빠져나가야…….'

휘이잉!

돌연 불길이 커튼처럼 걷혔다. 그리고 그 너머로부터 쇄도하는 것은 흑색의 신형.

"……!"

두 번째 천랑섬권이 범천의 명치에 꽂혔다.

쾅!

호텔 벽면이 폭발하며 불꽃과 파편을 토해냈다. 그 파편 중 하나, 사람 크기만 한 물체가 도로변을 향해 떨어졌다.

콰직!

물체는 주차되어 있던 외제차의 지붕으로 떨어져 내렸다. 폭삭 가라앉은 차체가 이윽고 불길에 휩싸이더니 그대로 터졌다.

"크아아악!"

차체의 화염으로부터 무언가가 비틀거리며 뛰쳐나왔다. 불길에 휩싸인 인간, 범천이었다.

"끄으으윽!"

본디 화기(火氣)쯤은 어렵잖게 다스릴 수 있는 그였다. 불길에 휩싸여도 각질 하나, 잔털 하나 그을리지 않을 실력.

하나 지금은 적시운의 권격에 의해 단전을 비롯한 내장 기관이 모조리 박살 난 뒤였다. 불길을 다스릴 여력 따위는 없었다.

"범천!"

호텔 아래층 벽을 뚫고서 제석천이 뛰쳐나왔다. 단번에 범천에게 당도한 그가 한 번의 손짓으로 불길을 잠재웠다. 하나 이미 늦은 뒤. 범천의 몸뚱이는 탄화된 숯덩이가 되어버렸다.

"큭……!"

쿵!

이를 악무는 제석천의 옆으로 무언가가 날아들었다. 걸레짝이 된 아수라의 시체였다.

"판단 착오로군."

제석천은 고개를 들었다. 불길에 휩싸인 호텔 건물을 배경으로 한 인간이 허공에 떠 있었다.

"팔부신중 전원을 데려왔어야 했거늘."

적시운이 바닥으로 내려섰다.

주변의 거리는 전시 상황이나 다름없었다. 곳곳에서 사이렌과 비명이 울려 퍼졌고 패닉에 빠진 사람들이 분주히 뛰어다녔다.

모든 것이 미쳐 날뛰는 그곳에서 두 사람은 대치했다.

"동료들에게 가 봐야 하는 것 아닙니까? 조금 전까진 그렇게 안달이 나 있더니."

"너부터 처리한 다음에. 너랑 그 괴물 놈이랑 붙어먹으면 귀찮아질 것 같으니까."

"과연, 아무래도 가루다의 본질을 제대로 파악하신 것 같군요. 그렇다면 한마디 해드리죠. 당신의 동료들은 지금쯤 모조리 가루다에 의해 도륙당했을 겁니다."

"좋을 대로 지껄여. 그딴 말을 한다는 것부터가 궁지에 몰려 있다는 증거니까."

제석천의 표정이 경직됐다.

"……우리는 세상을 위해 싸우고 피 흘립니다. 보다 많은 이, 보다 넓은 세계의 행복을 위하여. 당신들에게 그런 정당성이 존재합니까?"

"입 닥쳐. 구역질 나니까."

"우리 천무맹은…….

쾅!

권격이 제석천의 콧등을 후려갈겼다. 하나 찰나의 순간 얼굴을 뒤로 뺀 덕에 치명타가 되진 않았다.

좌르르륵!

제석천이 주르륵 밀려났다. 포장된 아스팔트가 사과 껍질처럼 벗겨져 나갔다.

뒤따라간 적시운이 연이어 권격을 떨쳤다. 폭음과 충격파가 연신 터지며 거리를 뒤흔들었다.

쾅!

적시운의 주먹이 제석천의 복부에 꽂혔다. 그 순간 제석천이 복부의 근육을 경직시켜선 주먹을 붙들었다. 근접전이라면 자신이 있기에 선택한 수법이었다.

"그럴 줄 알았어."

"……!"

적시운이 두 발로 땅을 차냈다. 한데 엉킨 두 사람이 유성처럼 거리 위를 날았다.

도심을 벗어나니 필리핀의 해안이 펼쳐졌다. 적시운은 백사장 둔덕에다 제석천의 몸을 내리꽂았다.

"너희 천무맹은."

적시운이 말했다.

"완전히 사라지게 될 거다."

"광오한 자여."

제석천이 몸을 일으켰다. 새하얀 모래알이 부스스 떨어져 내렸다.

"인간의 힘으로는 천의를 거스를 수 없습니다. 당신이 아무리 강대하다 해봐야 결국은 한 명의 인간일 뿐."

"천의? 그 괴물 놈을 거둬들인 것도 빌어먹을 천의 때문이었나? 마수들이 세상을 침공하게 된 것도?"

"모든 일엔 인과의 끈이 존재하게 마련입니다."

"아, 그래. 모든 결과엔 원인이 있다는 거지? 네가 죽는 이유가 여기 있는 것처럼!"

쾅!

또 한 번의 권격이 제석천의 인중에 꽂혔다. 이번엔 격산타우의 묘리까지 발휘해 체내에까지 공력이 파고들었으나 제석천은 큰 타격을 입지 않았다.

"소용없습니다."

제석천이 적시운의 팔뚝을 붙들었다. 그러고는 상체를 비틀며 그대로 모래사장에 업어쳤다.

쾅!

솟구쳐 오르는 모래 더미.

고통은 거의 없었지만 기분이 더러웠다.

[단순히 강하게 두들기는 것만으로는 금강불괴지체를 깨뜨리

기 어렵네!]

'그럼 어떻게 하라고?'

[천룡혈독공을 응용하게. 금강불괴와 만독불침이 공존하는 경우는 많지 않네.]

이윽고 일련의 구결이 적시운의 머릿속으로 흘러들었다. 필시 천마가 안배를 해둔 것일 터. 적시운은 그 구결을 따라 내기를 순행시켰다.

스스스스.

적시운의 왼팔 위로 검푸른 독기(毒氣)가 일렁였다.

사괴독(獅壞毒)이라 불리는 맹독.

호흡기를 통해 중독되는 종류인 만큼 지금 상황에 안성맞춤이었다.

콱!

자유로운 왼팔을 뻗어 제석천의 얼굴을 움켜쥐었다. 사괴독의 기운이 제석천의 코와 입 안쪽으로 흘러들었다.

[흡입해 버렸군. 이제 조금만 기다리면…….]

"소용없습니다."

제석천이 한층 강한 기세로 적시운을 업어쳤다. 속이 울렁이는 느낌에 적시운은 이를 악물었다.

'소용없다잖아!'

[허풍일세, 허풍. 설마 금강불괴이면서 만독불침이기까지 할

리가……]

부욱!

적시운은 옷소매를 찢어가면서까지 가까스로 제석천의 손아귀에서 벗어났다.

잠시 상태를 살펴보던 천마가 끙 하는 침음을 흘렸다.

[정말 금강불괴에 만독불침이란 말인가?]

"왼쪽! 아니, 오른쪽! 거기 말고, 네 엉덩이보다 조금 아래! 아니, 거기가 아니라니까!"

고래고래 소리를 질러대는 밀리아.

온갖 잡동사니와 에너지 덩어리가 사방을 휩쓰는 중이었다.

일행은 그녀의 지시만을 등대로 삼아 어두운 허공에 연신 헛손질을 날리고 있었다.

이따금 무언가에 덜컥 부딪히기는 했지만 대부분 돌멩이나 나무 조각 따위. 열세라는 것보다도 제대로 싸울 여건조차 되지 않는다는 게 더 열 받았다.

"칫!"

문수아가 은사를 펼쳤다. 조금 전 밀리아가 가리켰던 위치에 은빛 거미줄이 펼쳐졌다. 살짝 걸리기만 해도 갈가리 찢기고 말 터였으나…….

"이미 순간이동했어! 저쪽이야!"

"너! 제대로 감지하고 있는 것 맞아?"

"그럼 내가 장난하고 있을까 봐?"

왈칵 짜증을 내는 문수아와 이에 질세라 빽 소리 지르는 밀리아. 말리려던 헨리에타도 금세 포기했다.

"……그래, 기운 없는 것보단 차라리 그게 낫다."

"그래도 생각만큼 최악의 상황까진 아니에요."

차수정이 나직한 어조로 말했다.

"놈도 우리만큼이나 초조함을 느끼고 있을걸요? 한 끼 간식거리로나 생각했을 인간들 따위가 예상보다도 끈질기게 버티고 있으니까요."

"전혀 아니거든?"

발아래에서 볼멘 음성이 들려왔다. 헨리에타는 흠칫 놀랐지만 차수정은 오히려 차갑게 웃었다.

"이쪽 대화를 엿듣는다는 것부터가 초조하다는 증거 아니야?"

"말이 좀 많네, 버러지 같은 계집애가."

"그 버러지 하나 해치우지 못하는 넌 뭐지?"

"죽인다!"

발아래의 땅이 불룩 치솟았다. 아예 바다 자체를 끌어 올려 덮치려는 모양. 일행은 순간적으로 산개하여 바닥 붕괴를 피했다. 그 와중에도 차수정은 쉴 틈 없이 말을 이었다.

"놈의 기력과 집중력도 무한하진 않을 거예요. 미꾸라지 같은 놈이 상대라면 우리도 같은 식으로 상대하면 그만이죠."

"누가 미꾸라지라고!"

분노에 찬 가루다의 음성이 쩌렁쩌렁 울렸다. 차수정은 그 외침을 가볍게 무시하며 말을 이었다.

"게다가 놈은, 까다롭긴 하지만 압도적으로 강하다고 할 정도는 아니에요. 전투력을 보자면 오히려 요화란보다도 몇 수 아래인 것 같고요."

"찢어버린다!"

검은 노도가 차수정을 덮쳤다. 그 순간 측면으로부터 노도를 향해 날아드는 빛살이 있었다.

촤악!

촘촘하게 펼쳐지는 그물망. 쇄도하던 노도의 기세가 순간적으로 경직됐다. 그 사실을 깨달은 문수아가 그물망을 한층 압축시켰다.

팟!

"아슬아슬하게 빠져나갔어!"

"느낌이 왔어. 아주 살짝이긴 하지만 분명히 스쳤어."

밀리아의 외침에 문수아가 나직이 대꾸했다. 이윽고 일행과 조금 떨어진 위치에서 가벼운 폭발이 일었다. 일행은 재빨리 그 방향으로 내달렸다. 하지만 금세 밀리아가 그들을 불러 세웠다.

"다시 튀었어! 그 새끼 기운이 느껴지지 않아!"

"위치는요?"

"모르겠어. 최소한 이 근처에는 없는 것 같아."

"그렇다면……."

일행의 시선이 차수정에게로 집중됐다. 노골적인 시선들에 차수정이 눈을 깜빡였다.

"왜, 왜들 그래요?"

"난 네가 마음에 안 들어."

문수아가 쏘아 뱉듯 말했다.

"하지만 지금은 네 지시에 따르는 게 가장 좋을 것 같다고 생각해."

밀리아가 고개를 끄덕였다.

"나도 동감. 저 녀석은 마음에 안 들지만."

"누군 네가 마음에 드는 줄 알아?"

"그만들 싸우고 다음 계획이나 세우지. 놈은 조만간 다시 덤벼들 거다."

그렉의 말에 두 사람이 입을 다물었다. 아티샤가 섬광탄의 상태를 살피며 그렉에게 물었다.

"도망치진 않았을까요?"

"그렇진 않을 거다. 말 몇 마디에 저렇게까지 열이 뻗쳐서 덤벼드는 놈이니. 우리 따위는 가볍게 짓밟을 수 있다고 지금도 생각하고 있을걸. 잠시 자리를 비우더라도 길진 않을 거다."

"하긴 그건 그렇네요."

"차수정은 조금 전에 그 점을 이용한 거고."

재차 일행의 시선이 차수정에게로 쏠렸다.

"그렇게들 쳐다보지 마세요, 좀. 부담스러우니까."

차수정이 쓰게 웃으며 말했다.

"일단은 여기부터 빠져나가죠."

6

"재미있네."

적시운은 피식 웃었다.

"금강불괴에 만독불침이라. 지금껏 만나본 놈들 중엔 가장 튼튼하겠군. 인간 중에서는 말이야."

마수까지 범위를 넓힌다면 대재앙급 마수인 황혼의 순례자가 존재했다. 물론 그쪽은 견고함보다는 무지막지한 재생력이 무서운 것이었지만.

제석천은 결코 쉬운 상대가 아니었다. 그리고 적시운은 그 사실에 흥분과 희열을 느꼈다.

"누가 이기나 해보자."

적시운은 천마결의 기공을 최대치로 운용하기 시작했다.

우우우웅!

하단전으로부터 솟구쳐 나온 맹렬한 내공에 신경계에서 방출된 아드레날린이 뒤섞인다. 두 성분이 뒤섞여 시너지를 일으키고, 막대한 힘이 담긴 혈류는 폭주 기관차처럼 혈관을 타고 질주한다.

환골탈태한 이후 처음 최대치로 끌어올린 역량.

환골탈태 이전을 포함하더라도 북미 대륙을 떠나온 이래 처음이었다. 아라크네나 인피니트 크라켄, 심지어 백진율과 싸울 때에도 십성 공력을 모두 발휘한 적은 없었던 것이다.

항상 나중을 생각해 일말의 기력을 남겨놓았었기에, 달아나기 위한, 도망치기 위한 여력을 남겨두었었기에.

하지만 지금은 아니었다. 자신의 한계를 시험해 보고 싶었고, 그 어떤 제약도 없이 모든 것을 방출해 보고 싶었다. 제석천은 그러기에 안성맞춤인 상대.

쿠구구구!

적시운의 두 눈이 푸른 귀기로 물들었다. 극성의 천마신공을 발휘할 때 발현된다는 귀안(鬼眼). 적시운이 무림맹 정예 부대와 함께 천마를 습격했을 때 언뜻 보았던 것이었다.

[완벽한 귀안은 아니지만…… 일단은 합격점이라고 해줌세.]

'깐깐하긴.'

속으로는 농을 주고받으면서도 외부로는 세상을 찢어발길 듯한 살기를 뿜어낸다. 지금의 적시운은 죽음의 화신이었다.

"……!"

두 개의 도깨비불이 허공에서 일렁였다. 그 시선을 마주하는 제석천은 심장이 싸늘해지는 것을 느꼈다.

"천마……!"

"사냥꾼이다."

화륵!

적시운의 등허리 뒤로 두 줄기의 푸른 불길이 치솟았다.

"사냥감은 너고."

"오빠, 괜찮은 걸까……?"

커피 잔을 든 적세연이 중얼거렸다. 그녀의 발치에선 성견 크기의 늑대 한 마리가 밥그릇에 코를 박고 있었다. 적시운이 미 대륙에서 가지고 온 커럽티드 울프의 새끼. 비상식량이라 이름 붙은 다이어 울프는 이제 제법 큼직하게 자라 있었다.

몸 크기는 대략 리트리버와 같은 대형견의 성체 수준. 그러나 태어난 지 채 반년이 지나지 않은 어린 나이였다. 하는 짓도 새끼 수준을 벗어나지 못했다. 그나마 적시운의 가족들 앞에선 얌전하고 말 잘 듣는 편이라는 게 다행. 최근엔 거의 대부분의 시간을 적세연과 함께 하고 있었다.

"오빠한테서 온 소식은 혹시 없나요?"

"예, 30분 전에 대답해 드렸던 것과 마찬가지로요."

점잖은 음성이 되돌아왔다. 권창수였다.

적세연과 비상식량이 있는 곳은 청화관이라 불리는 대한민국 통수권자 관저. 그 안에 있는 권창수의 집무실이었다.

옛 서울에 존재했던 청와대의 직계라 할 수 있는 건물. 청화관이란 이름 또한 거기서 따왔다.

"죄송해요. 저희 때문에 귀찮으시죠?"

"괜찮습니다. 무료한 일상에 활력이 되는 것 같기도 해서 좋군요. 냄새는 좀 나지만 말입니다."

"아! 이 녀석."

적세연이 화난 표정을 짓자 비상식량이 고개를 슬그머니 숙였다. 그러나 이미 큼직한 덩어리를 배출한 직후. 커피 냄새를 가볍게 뒤엎는 악취가 방 안을 채웠다.

"그래도 잘못한 줄은 아는 것 같아 다행이군요."

"반성하는 척만 하는 거예요. 대부분 그러면 그냥 넘어가니까."

적세연이 비상식량의 밥그릇을 치웠다.

"벌이야. 오늘 저녁은 더 없는 줄 알아."

풀 죽은 비상식량이 방구석으로 걸어갔다. 적세연은 챙겨 온 집게와 비닐을 꺼내 들었다.

"죄송해서 어쩌죠? 카펫에 다 묻었는데."

"빨면 그만입니다. 너무 괘념치 마시길."

"혹시 세탁해도 냄새가 남거나 하면 변상해 드릴게요."

권창수는 쓴웃음을 지었다. 시가가 억 단위에 이르는 고급 양탄자라는 걸 알려준다면 그녀가 어떤 표정을 지을지 궁금했다. 사실 별 의미는 없었지만.

권창수는 비상식량을 돌아봤다. 조금 전까지 풀 죽은 척하던 녀석은 언제 그랬냐는 듯 뒹굴거리고 있었다.

"저렇게 보면 그냥 좀 커다란 개라고밖엔 보이지 않는군요. 마수라는 생각이 들지 않습니다."

"저도 그래요. 하는 짓을 보자면 그냥 좀 멍청한 똥개라는 생각밖에 안 들거든요."

그렇다고 해도 놈은 엄연한 마수. 다이어 울프로 분류되는 개체이며, 경우에 따라 커럽티드 울프로 각성할 가능성이 높은 마수였다.

"저 아이를 보다 보면 바보 같은 생각도 가끔 들어요."

"마수와 인간이 공존할 수 있지 않을까 하는 생각 말입니까?"

권창수의 대답에 적세연이 눈을 동그랗게 떴다.

"어떻게 아셨어요?"

"비슷한 생각을 했던 사람을 압니다. 부잣집 아들내미로 태어나 부족한 걸 모르고 살아온 철부지 애송이였죠."

"본인 소개를 남 얘기처럼 하시네요."

"들켰군요."

비상식량이 은근슬쩍 적세연에게로 다가왔다. 한숨을 쉰 적세연이 녀석의 목덜미를 긁어주자 비상식량이 몸을 틀어 댔다.

"그게 가능할까요?"

"동물과 인간 같은 관계라면, 가능하겠지요. 하지만 마수는 짐승들과는 전혀 다릅니다. 특히나 지성을 지닌 개체라면 더더욱."

"지성을 지닌 마수를 만나보셨어요?"

"예."

권창수의 얼굴에 희미한 고통이 스쳤다.

"그리 유쾌한 경험은 아니었습니다."

"제기랄! 제기랄! 빌어먹을!"

고통과 분노에 찬 함성이 세부시의 상공을 흔들었다. 칠흑 같은 어둠 속에서 가루다는 정신을 불사르는 격노를 느꼈다.

물론 가루다는 육체를 지니지 못한 존재. 신경계가 없으니 인간이나 생명체가 느낄 법한 고통을 느끼진 못했다.

하지만 셰이드에겐 셰이드의 방식이 있는 법. 코어의 일부가 손상됐다는 것은 어마어마한 정신적 고통으로 다가왔다. 코어가 상한다는 건 말 그대로 영혼이 깎여 나가는 것과 같았던 것이다.

"죽인다. 반드시 죽인다. 그 버러지들을 반드시 죽이고 갈가리 찢어버린다!"

연신 복수를 다짐하는 가루다였으나 지금은 작전상 후퇴할 때였다.

놈들을 상대하느라 시간을 너무 끌었다는 것도 마음에 걸렸다. 지금쯤이면 도우러 왔어야 할 제석천과 아수라, 범천이 보이지 않는다는 것도 이상했다.

"제석천께서는 어디에……?"

가루다는 세부 상공에 정지한 채 주변을 살폈다. 적시운과 조우했던 호텔은 불길에 휩싸여 있었다. 다수의 소방차와 경찰차가 소란 속에 거리를 메우고 있었다.

가루다는 호텔 근방의 그늘로 이동했다. 그리고 익숙한 얼굴들을 그곳에서 발견했다.

"......!"

아수라, 그리고 범천.

분명했다. 낯익은 여성이 들것에 실린 채 옮겨지고 있었다. 핏기를 잃어 파랗게 죽어버린 얼굴은 그녀의 상태를 더없이 정확하게 보여주고 있었다.

그 옆, 또 하나의 시체는 더욱 처참했다. 부서지고 빠개진 것도 모자라 새카맣게 탄화되어 버리기까지 한 그것은 분명 범천의 시신이었다.

슬프다거나 한 것은 아니었다. 가루다는 그런 저급한 감정에 휘둘리거나 물들 만큼 수준 낮은 생명체가 아니었다. 최소한 본인의 생각으로는.

그래서 가루다는 슬퍼하는 대신 분노했다. 감히 자신이 연을 맺은 인간들을 처참히 살해한 인간에게, 아마도 지금쯤 제석천과 전투 중일 그놈에게.

"우선은 제석천부터......!"

가루다는 다시 아공간 이동을 실시했다. 동시에 기운을 퍼뜨려 제석천의 행방을 쫓았다.

그리 오래 걸리진 않았다. 도심을 조금 벗어난 해안에서 연신 강기의 여파가 터져 나오고 있었다.

"제석천!"

백사장의 어둠 속에서 가루다가 나타났다. 때마침 제석천은 적시운과 공방을 주고받고 있었다.

쿠구궁!

권장지각이 부딪칠 때마다 해안이 진동했다.

가루다가 보기에도 호각, 아니, 조금씩이지만 제석천이 열세에 몰려 있는 형국이었다.

아니, 조금씩이 아니었다. 자세히 살펴보니 일방적으로 제석천이 밀리고 있었다.

게다가…….

"상처!"

제석천이 피를 흘리고 있었다. 단 한 번도, 비록 대련이라고는 하나 맹주와의 대결에서도 피 흘린 적 없었던 그가!

가세해야겠다고 가루다가 생각하는 찰나.

"여긴 왜 왔냐."

"……!"

제석천의 음성이 아니었다. 조금 전까지도 그와 치고받던 적시운의 목소리가 배후에서 들려왔다. 순간이동에 비할 수야 없겠지만 무섭도록 빠른 스피드였다.

"큭!"

돌아보면 죽는다.

차디찬 본능이 가루다의 뇌리를 엄습했다.

화륵!

푸른 불길이 가루다의 배후에서 넘실거렸다. 가루다는 생전 느껴본 적 없는 공포 속에서 순간이동으로 거리를 벌렸다.

잠시 숨을 돌린 제석천이 소리 높여 물었다.

"그들을 확실하게 처치하고 왔을 테지, 가루다?"

진실을 요구하는 질문이 아니었다. 그렇다는 대답을 원하는 질문. 그로써 조금이라도 적시운의 주의를 흩뜨리겠다는 계산이 깔려 있는 질문이었다.

그렇기에 가루다는 다시 한번 놀랐다. 그가 보아온 제석천은 지금껏 단 한 번도 저런 식의 심리전을 펼친 적이 없었다. 그런 그가 적의 심리를 흔들고자 시도를 한다는 사실이 충격적이었다.

"다들 무사하군."

적시운이 말했다. 막 대답하려던 가루다가 흠칫했다. 그것을 본 적시운이 차갑게 웃었다.

"정말 처리하고 온 거라면 신이 나서 곧장 대답했겠지. 안 그래, 괴물 새끼야?"

"큭……!"

"처리하지도 못하고 이리로 온 거라면, 설마 그 녀석들한
테서 도망친 건가?"

"다, 닥쳐!"

"닥치게 만들어 봐."

적시운이 두 주먹을 맞부딪쳤다.

분노한 가루다가 공격해 들어가려 했다. 앞서 차수정 일행
을 공격했던 것과 같은 방식.

순간이동으로 정신을 흩뜨려 놓은 다음 염동력으로 한 방
먹인다!

"하지 마라, 가루다."

제석천이 말했다. 막 순간이동을 하려던 가루다가 멈칫
했다.

"도울게요, 제석천!"

"아니, 지금 바로 그들에게 돌아가라. 그리고 제압하거
나…… 그마저도 힘들다면 제거해라, 확실하게."

"하지만……!"

"저자에게 선불리 덤벼들다간 죽는다."

제석천의 음성은 스산했다. 그 말이 담고 있는 뜻은 더더
욱 스산했다.

"내가, 이 셰이드 로드가 죽는다고?"

반발심에 목소리를 높이는 가루다. 하나 제석천의 표정은

단호했다.

"그래, 죽는다."

"……!"

"너희 마수들은 대체로 인간보다 강하다. 하지만 그것이 꼭 모든 인간보다 강하다는 뜻은 아니야. 나나 맹주 같은 경우를 생각해 봐라."

"당신들은 이 세계의 중심이라며! 인류의 꼭대기에 앉아 있는 자들이라며!"

"그랬지."

제석천은 이를 악물었다.

"우리는 중화를 수호하며 세상을 수호한다. 정의를 숭상하며 약자를 보호하는……."

"쓰레기들이지."

적시운이 쇄도했다. 제석천은 전심전력을 끌어모아 호신강기를 펼쳤다.

쾅!

해안이 전율했다. 파도가 솟구치고 백사장은 위아래로 요동쳤다. 수십 개의 천둥을 응집시킨 듯한 충격파를 느끼며 가루다는 황급히 어둠 너머로 달아났다.

촤아아악!

제석천의 뒤편으로 바다가 양쪽으로 갈라졌다.

파직.

그의 몸에 균열이 생겨났다.

7

"놈이 돌아오지 않았으면 좋겠지만……."

"반드시 돌아올 거예요."

차수정 일행은 가루다가 돌아오리라 확신했다. 그래서 놈을 상대하기에 용이한 장소부터 물색하기로 의견을 모았다.

결과적으로 선택된 장소는 도심에서 떨어진 폐건물. 폐건물이라고는 해도 조금 손을 보니 전기가 들어왔다. 일행은 불을 환히 밝히고서 건물 내의 가장 넓은 방 안에 모였다.

"좋아, 이제부터 어떻게 하지?"

밀리아의 말에 차수정은 그렉을 돌아봤다.

"……뭐지?"

"아니, 그렉 씨라면 뭔가 괜찮은 아이디어가 있지 않을까 해서요."

"글쎄……."

"뭔가 생각나면 말씀해 주세요. 일단 가루다는 셰이드 계열의 마수라고 생각하고 대응책을 세울게요."

차수정이 일행을 한차례 돌아봤다.

"셰이드는 가스 생명체예요. 기체로 이루어져 있긴 하지만 실체가 아주 없진 않아요. 성인 주먹만 한 크기의 코어가 있고 가스가 그걸 감싸는 형태죠."

"죽이려면 코어에 타격을 줘야겠지?"

"네, 다행히 코어의 내구도는 높지 않아 보여요. 아까 문수아가 상처를 냈을 때의 반응, 다들 보셨죠?"

끄덕끄덕.

"놈의 특징은 광도, 즉 빛에 민감하다는 거예요. 항상 그늘과 어둠 속에 숨어 움직이는 것만 봐도 알 수 있죠."

"알아."

밀리아가 말했다.

"그래서 섬광탄을 아끼고 있는 거잖아."

"그 발상을 역이용해 보는 건 어떨까요?"

"역이용?"

"놈에겐 또 하나의 약점이 있어요. 기체 생명체인 만큼 온도 변화에 민감하다는 거죠."

"정말로?"

"제가 알아낸 정보가 정확하다면요."

"어떻게 알아낸 건데? 조금 전까진 셰이드에 대해 몰랐잖아."

차수정이 핸드폰을 들어 보였다.

"이걸로 검색해 봤죠. 위키백과를요."

"그게 뭔데?"

"아무나 멋대로 쓸 수 있는 엉터리 사전."

문수아가 한숨 섞인 투로 말했다.

"설마 지금 그걸 믿고서 작전을 세우겠다는 거야?"

"지금은 지푸라기라도 잡아봐야지."

"누구나 쓸 수 있다는 건 엉터리 정보가 난립할 수 있다는 거야."

"그래, 하지만 반대로 진실일 가능성도 있지. 정말 셰이드와 맞상대해 본 사람이 정보를 적었을지도 모르잖아."

"만약 아니면?"

"엿 먹는 거지. 반대로 만약 맞다면 엿 먹일 수 있는 거고. 더 좋은 생각이 있다면 모를까, 시도해 봐서 나쁠 건 없잖아?"

"……좋을 대로 해. 나는 너희가 결정하는 대로 따를 수밖에 없는 입장이니."

"너도 같이 결정해. 지금 우린 운명 공동체니까."

"흥."

"나는 찬성. 다른 사람들은?"

헨리에타의 물음에 모두들 동의를 표시했다. 고개를 끄덕인 차수정이 말했다.

"그럼 계획을 설명할게요."

"젠장, 젠장, 젠장!"

먹구름 낀 밤하늘로부터 가루다의 노호성이 터져 나왔다.

"이건 말도 안 된다고!"

그는 가루다였다. 336만 리에 이르는 장대한 날개를 지닌 존재. 한 번 날갯짓하면 세상에 가지 못할 곳이 없는 영물. 위대한 임무와 운명을 타고난 고귀한 신수. 저런 인간 따위에게 겁을 먹고 달아날 리가 없는!

적시운에게 겁을 먹었다. 아마 제석천의 명령이 없었다고 해도 그 자리를 벗어났을 것이다. 생존 본능은 자존심이나 긍지보다도 강한 법이었으니.

그 사실을 가루다는 용납할 수 없었다. 그래서 분노했다.

"죽여 버릴 테다!"

하지만 적시운에게 돌아갈 순 없었다. 놈에게 덤벼들어 봐야 개죽음만 당할 뿐이었기에.

때마침 제석천이 명령을 내렸다. 가루다는 그 명령으로써 자신의 행동을 합리화했다. 그리고 보다 약한 인간들을 죽여 복수를 대신하겠노라고 결심했다.

"벌레 새끼들! 모조리 쳐 죽여줄게!"

가루다는 차수정 일행을 추적했다. 앞선 전투에서 그들에게 입힌 상처에 자신의 기운을 묻혀놓았기에 뒤를 밟는 것은 어렵지 않았다.

놈들의 위치는 시외의 폐건물. 그리 멀리 달아나진 못한 채였다.

"거기 숨어 상처라도 핥고 있었니? 버러지 같은 것들!"

가루다는 서늘히 웃었다. 그러나 동시에 자신을 다잡았다. 아까 전에도 방심한 까닭에 불의의 일격을 허용했었다. 인간보다 우월한 존재인 그가 같은 실수를 반복해선 안 될 일이었다.

"서서히 파멸시켜 주마."

가루다는 어둠에 숨어서 폐건물에 접근했다. 그리고 내부로 무턱대고 들어가는 대신, 바깥의 배선 차단기로 향했다.

콰직!

전류를 끊으니 어둠이 찾아왔다. 삽시간에 빛을 잃은 폐건물 속에서 당혹감에 찬 목소리들이 들려왔다.

"뭐, 뭐야!"

"놈이에요! 다들 정신 바짝 차려요!"

"빨리 위치를 파악해 봐!"

"조금만 기다려. 지금 파악하는 중이니까 재촉하지 맛!"

가루다는 피식 웃었다.

"버러지들."

심정은 당장 안으로 들어가 쑥대밭을 만들고만 싶었다. 그러나 신중해야 할 일.

다행히 가루다의 염력은 상당한 범위를 자랑했다. 벽 너머의 물건들을 들어 날릴 수 있을 만큼.

"어디 한번 뒈져 봐."

가루다는 폐건물 내부에 폴터가이스트를 일으켰다.

휘이이이!

콰드드득!

건물 안으로 염력의 폭풍이 몰아쳤다. 하지만 호텔에서와 달리 휘날릴 만한 사물이 적었고, 인간들 또한 원진을 펼친 채 그럭저럭 막아내고 있었다.

죽이려면 안으로 들어가야 한다. 들어가서 에너지 블라스트를 먹이는 식의 직접 피해를 줄 필요가 있었다.

"쳇."

할 수 없이 가루다는 건물 안으로 순간이동했다. 앞서 문수아에게 당한 상처가 아물지 않은 채였지만 여전히 놈들을 상대하기엔 무리가 없었다.

"쥐새끼들처럼 숨어 있으면 모를 줄 알았니?"

"그 반대거든, 등신아?"

독하게 받아치는 밀리아. 양손으로 쫙 벌린 재킷의 안쪽으로는 5발의 섬광탄이 줄줄이 달려 있었다.

번쩍!

무시무시한 빛이 폭사됐다. 한순간 폐건물 안의 모든 것이 백색으로 물들었다.

"으아아아!"

가루다는 재빨리 순간이동을 펼쳤다. 빛은 셰이드 로드에게 있어 독과 같은 것. 그러나 달아나는 와중에도 가루다의 마음 한구석엔 희열이 끓고 있었다.

'너흰 이제 끝이야!'

머저리들이었다. 반격 한 번 해보겠다는 일념으로 비장의 무기를 이렇게 허무하게 낭비해 버릴 줄이야.

폭사된 빛으로 인해 조금 고통스럽긴 했지만 치명적인 수준은 아니었다. 게다가 재빨리 순간이동으로 회피까지 했다. 이젠 다시 찾아올 어둠 속에서 침착하게 사냥에 몰두하면 될 일이었다.

"……라고 생각하고 있을 테지?"

바로 옆에서 들려오는 속삭임!

가루다가 경악하는 순간, 두 번째 독이 퍼져 나왔다.

촤아아악!

코어를 포함한 주변을 삽시간에 얼려 버리는 한기. 한정된 지점에 포인트를 맞춰 절대영도에 근접하게 냉각시키는 차수정의 글래셜 핀포인트(Glacial Pinpoint)였다.

뿌드드득!

"......!"

코어의 겉면은 물론, 내부까지 한기가 파고들었다. 가루다는 형언하기 힘든 고통 속에서 비명을 토했다.

"끄아아아아!"

고통과 공포가 마수의 뇌리를 잠식했다. 그 결과 이어지는 것은 처절한 몸부림. 이내 폐건물 내 곳곳에서 무언가가 충돌했다.

쾅! 콰직! 우지끈!

가루다가 순간이동을 펼쳤다. 그러나 급냉각된 코어의 이상으로 인해 제대로 이루어지질 않고 있었다. 결국 건물 밖으로 벗어나지 못한 채 안에서만 이곳저곳에 부딪히는 것이었다.

"제대로 먹혔어!"

"저 새끼, 완전히 맛이 갔나 봐!"

"놓쳐선 안 돼요!"

다급한 외침 사이로 차가운 음성이 스쳐 지나갔다.

"내가 처리하겠어."

휘리릭!

가루다의 코어 위로 반짝이는 은사가 휘감겼다. 극히 미세한 조절에 의해 은사는 표면을 살짝 파고드는 형태로 코어를 구속했다.

"손가락 하나만 까딱하면 그대로 끝장이야."

영혼까지 벨 것 같은 싸늘한 음성. 은사의 거미줄 너머에서 문수아가 가루다를 내려다봤다.

"버러지."

가루다는 혼미한 의식 속에서 생각하고 또 생각했다.

대체 어떻게 그 인간 계집은 자신의 위치를 미연에 파악한 것일까.

그리고 어렵잖게 이유를 파악했다.

'그쪽으로 유도했구나.'

폐건물 내부엔 사물이 그리 많지 않았다. 그중에서 유달리 두드러지는 것은 폐기 처분된 자동판매기들.

그 대부분은 벽면에 일렬로 세워져 있었으나 유달리 하나만은 건물 중앙 쪽에 덩그러니 놓여 있었다. 그리고 밀리아는 그 바로 앞에서 섬광탄을 터뜨렸다.

"그런…… 건가."

가장 밝은 빛의 그림자가 가장 어두운 법.

인위적으로 만들어진 자판기의 그림자는 폐건물 내에서 가장 어두울 수밖에 없는 공간이었다.

그리고 가루다는 본능적으로 그곳으로 순간이동했다. 바깥보다도 어두우며, 가장 가까이에 있어 금방 대피할 수 있는 그곳으로.

차수정이 그곳에 웅크린 채 기다리고 있었다. 가루다가 오리라는 확신을 가지고서.

"하지만…… 미리 감지하지 못했어. 대체…… 어떻게……?"

"있는 대로 머리를 쥐어짜 내봤지."

차수정이 창백한 얼굴로 말했다.

"네 감지 능력이 우리의 것과 조금이라도 비슷한 종류라면…… 생체 기능을 약화시켰을 때 마찬가지로 헷갈리지 않을까 생각했어."

"그래서 네 자신의…… 체온을 낮춰 기척을 없앴다고……?"

"그래, 다른 사람이라면 저체온증으로 황천을 건너겠지만 나는 조금 특별하거든."

냉기 제어 능력과 설하유운공. 두 가지 특성은 차수정의 체질을 특별하게 바꿔놓았다. 저체온 및 심박이 저하됐음에도 호흡을 유지할 수 있게끔.

"빌어…… 먹을!"

꾸욱.

은사가 살짝 조여졌다. 가루다가 다급히 비명을 토했다.

"그만! 그만해! 그러다간 내가 죽어!"

"그런데?"

문수아의 두 눈에서 살기가 묻어났다.

"그 잘난 순간이동으로 달아나 보시지그래?"

"네, 네가 달라붙어 있잖아! 내가 졌어, 졌다고. 패배를 인정할 테니 이제 그만하란 말이야!"

"애원한다고 살려줄 것 같아?"

"내가 너희 편이 되어주겠어! 달라는 정보, 하라는 행동! 뭐든지 다 하겠다고!"

인간 따위에게 애원한다는 창피함 따윈 목숨값 앞에선 사라진 지 오래. 가루다는 언제 그랬냐는 듯 비굴하게 목숨을 구걸하고 있었다.

"너희들의 종이 되겠어. 시키는 건 뭐든지 할게. 지금껏 저지른 모든 일도 다 사과할게. 그러니 제발 목숨만은 살려줘!"

"……."

문수아는 살며시 고개를 돌려 차수정을 보았다. 그녀의 눈빛에 담겨 있는 의도를 읽은 차수정이 고개를 저었다.

"안 돼. 시운 선배에게 보여주고 처분을 맡겨야 해."

"부탁이야, 차수정."

"문수아."

"부탁을 들어주지 않더라도 난 할 거야."

문수아의 눈빛엔 일말의 흔들림이 없었다. 설령 이로 인해 문제가 생기겠더라도 감내하겠다는 각오.

잠시 고민하던 차수정이 부드럽게 웃었다.

"너, 나한테 빚진 거다?"

"……고마워."

꾸구구국.

코어에 가해지는 압력이 미세하게 늘었다. 그리고 계속해서 늘기 시작했다. 은사는 마치 케이크를 떠내는 칼날처럼 부드럽게 파고들었다.

"뭐, 뭐야! 지금 뭐 하는 짓이야!"

"뭐긴."

문수아는 투명하게 웃었다.

"버러지 하나를 처리하는 거지."

"이 개 같은 인간 년!"

"그래, 그래야지. 그쪽이 더 솔직하고 좋잖아?"

"혼자 죽진 않겠다!"

가루다가 순간이동을 펼치려 했다. 그러나 문수아의 손가락이 조금 더 빨랐다.

"끝이야."

뚝!

은사가 코어를 수 조각으로 갈라 버렸다. 처절한 단말마가 폐건물을 뒤흔들었다. 영혼으로 울부짖는 악마의 비명이었다.

"너는 선택받은 아이다."

훗날 무백노사라 불리게 되는 인물을 만난 건 열 살 무렵의 일이었다. 당시에도 이미 백발이 성성했던 노사는 철없는 소년의 심장마저 얼어붙게 할 것 같은 눈빛을 지니고 있었다.

"제석천, 인드라여. 너는 맹주의 오른편에 서서 호법의 길을 걷게 되리라."

어린 나이임에도 소년은 알고 있었다. 자신에게 얼마나 많은 노력과 자금이 투자되었는지. 그것은 왼쪽 가슴에 흉물스럽게 달라붙어 있는 기계장치만 보아도 알 수 있었다.

장치는 마치 토양을 뚫고 나온 나무뿌리 같았다. 새하얀 소년의 피부 위로 툭 튀어나온 강철의 뿌리. 그것이 안쪽으로는 심장과 연결되어 있다는 것을, 의사들의 대화를 엿들어 알고 있는 소년이었다.

"이능력 보호 장치. 먹물쟁이들의 몇 안 되는 공적 중 하나지."

무백노사가 손가락으로 기계장치를 건드렸다. 곳곳에 금이 간 기다란 손톱이 금속을 긁어내는 소리가 소름 끼쳤다.

"시험작이긴 하다만 임상 실험까지 성공리에 마쳤다. 이 장치가 건재한 이상 그 어떤 이능력자도 너를 건드리지 못할 것이다. 그리고⋯⋯."

노인의 눈이 파충류의 그것처럼 희번덕거렸다.

"내가 너를 단련시킬 것이다. 맹주를 제외한 그 어떤 무인도 대적하지 못하게끔. 천무맹의 광휘 아래 세상을 수호하게끔. 신북경 시장 바닥의 비천한 애송이인 너를, 호법신 제석천으로 만들어주리라."

이것은 달콤한 제안이 아니다. 어린 소년은 본능적으로 그 사실을 깨달았다. 그리고 그 제안을 거부할 수 없다는 사실도.

수행은 지독했고 수술은 가혹했다. 2차 성징이 나타나기도 전에 소년은 5번의 수술을 추가로 겪었으며 7번 죽음의 위기를 넘겼다.

그 7번 중 5번이 수행 중에 생긴 일이란 사실은 다행일까, 불행일까.

반복된 수술 끝에 흉물스러운 기계장치는 피부 아래에 이식되었다.

그리고 마지막 죽음의 위기를 넘겼을 때, 신북경 천민 거리의 어린 소년 왕화는 사라졌다. 남은 것은 천무맹의 호법신, 제석천뿐.

그 이후 제석천은 단 한 번도 과거의 일을 떠올린 적이 없었다. 떠올려 봐야 오래전에 사라진 소년의 울음과 고통만이 뒤따라올 뿐이었으니까.

'한데 지금 그 기억이 떠오르는 이유는……'

쾅!

권격에 적중당한 왼팔에 쩌저적 금이 갔다. 피부가 아닌 석고상이 부서지는 듯한 광경. 암석처럼 갈라진 균열에서 뜨거운 핏물이 솟구쳤다.

"크…… 아아악!"

제석천은 비명을 토했다. 오래전 수술대에 올랐던 소년이 마음속으로 울부짖었던 것처럼.

"재생 능력은 없는 모양이지?"

싸늘한 음성이 고막을 때렸다. 제석천은 본능적으로 상체를 틀며 오른팔을 내질렀다. 무백노사가 그의 몸에 심어놓은 무공, 금강나한신권(金剛羅漢神拳) 그중에서도 최강이라 불리는 나찰파(羅刹破)의 초식이었다.

위력은 평소 이상. 왼팔을 잃은 것도 큰 약점이 되진 않았다. 오히려 위기감 때문인지 더욱 강력해진 느낌이었다.

파앙!

충격파가 허공을 때렸다. 허공의 먹구름이 달아나듯 흩어졌다. 파랑이 요동치고 모래 언덕이 허물어졌다. 그러나 한 명의 인간을 어쩌지 못했다.

"끝이다."

쾅!

권격이 낙뢰처럼 내리꽂혔다. 제석천은 복부가 타오르는 걸 느끼며 백사장으로 추락했다.

파지지직!

가슴에서부터 전격이 터져 나와 몸 곳곳으로 치달았다. 중단전, 즉 심장과 연결된 이능력 보호 장치가 망가진 것이었다.

"끄르르르……!"

제석천은 피거품을 흘리며 전율했다.

주먹이 틀어박힌 복부는 시커멓게 타들어 간 뒤. 왼팔은 산산조각이 났고 두 다리도 기묘하게 꺾여 있었다. 그 정도 상처를 입고도 살아 있다는 게 용할 지경. 금강불괴를 얻음으로써 비약적으로 늘어난 생명력이 그의 호흡을 지탱해 주고 있었다.

"이쯤 되면 금강불괴는 오히려 저주로군."

착 가라앉은 음성. 적시운이 제석천의 곁으로 착지했다.

"보아하니 살려낼 방도는 없어 보이는걸. 어차피 천무맹 쪽 정보를 불 생각 따위는 없겠지? 그러니 이만 끝장을 내겠다."

"당신은…… 정말 가차 없는 사람이군요."

"괴물과 싸우려면 나도 괴물이 되어야 하니까."

"천무맹은……."

협의를 숭상하고 세상의 홍익을 추구한다.

평소라면 그렇게 대답했을 제석천은, 그러나 말을 잇지 못했다.

"아직도 너희가 정의이며 잘났다고 지껄일 참이냐?"

제석천은 힘겹게 고개를 가로저었다.

"무림의 세계에선 강자가 곧 정의. 패배자인 저는 천무맹의 대의를 입에 담을 자격을 잃었습니다."

"개소리. 네가 말하는 무림은 이미 수백 년도 전에 썩어 문드러졌다."

"그럴지도…… 모르지요."

적시운의 시선이 제석천의 흉부로 향했다. 삽으로 퍼낸 듯 파헤쳐진 가슴. 피범벅이 된 장기 사이로 기계장치가 번뜩이고 있었다.

"뭐 더 남길 말이라도 있나?"

"동정하시는 겁니까?"

"아니, 정보가 될 만한 게 있으면 불라는 거다. 네 유언 따위엔 관심 없어."

제석천은 쓰게 웃었다. 천무맹주 백진율이 곧 폐관을 깨고 나올 것이라고, 그땐 한반도뿐 아니라 온 아시아가 타오르게 되리라고 저주할 수도 있었다.

혹은 자신 또한 천무맹의 희생양일 뿐이라고, 무백노사에 의해 만들어진 괴물이라고 토로할 수도 있었다.

하지만 제석천은 그중 어느 말도 꺼내지 않았다. 그저 하늘을 올려다보며 나직이 중얼거릴 따름.

"남길 말 같은 건 없습니다."

"억울하다고 징징대진 않아서 좋군."

적시운이 주먹을 들어 올렸다.

"하나만 묻자. 정말 요화란의 부하들을 건드리지 않을 생각이었나?"

"예."

제석천은 담담히 말했다.

"맹주, 혹은 무백노사가 명령하지 않는 한은."

"다시 말해 그들이 몰살시키라고 명령했다면 그대로 따랐을 거란 말이군."

"예."

"그 여자의 목숨을 담보로 약속까지 했는데 말이지."

"……그렇습니다."

"그들이 몰살 명령을 내릴 가능성은?"

"매우 높습니다. 특히나 무백노사는."

사실대로 털어놓은 제석천이 나직이 한숨을 쉬었다.

최후가 다가왔기 때문일까. 거짓을 말하고픈 생각은 딱히 들지 않았다.

"그게 너희가 말하는 중화인가?"

더 이상 제석천은 존재하지 않았다. 저잣거리의 소년, 왕화는 눈을 감으며 대답했다.

"……예."

"고맙다."

적시운이 제석천의 심장을 움켜쥐었다. 연결되어 있는 기계장치가 한데 잡혀선 우그러졌다.

"덕분에 천무맹에 대한 내 결심이 확고해졌어."

울컥!

제석천의 목구멍을 타고 피가 역류했다. 파르르 몸을 떨던 그가 오른손을 허공에 뻗었다.

콰직!

심장이 바스러졌다. 그와 함께 제석천의 모든 움직임이 정지되었다. 이미 인간과는 아득히 멀어진 육체가 모래성처럼 부스러졌다.

제석천을 해치운 적시운은 차수정 일행에게로 돌아갔다. 일행은 다시 도심으로 돌아와 있었기에 찾는 건 어렵지 않았다.

"가루다를 해치웠어요. 코어를 회수하긴 했는데 손상 정도가 심해서, 축적된 에너지는 거의 없을 거예요."

차수정이 잘게 다져진 검은 찌꺼기를 내밀었다.

"그게 놈의 코어야?"

"네, 외관은 이래도 에너지는 제법 남아 있어요."

"일단 네가 가지고 있도록 해."

적시운은 호텔로 향하여 요화란의 시신을 수습해 돌아왔다. 건물이 반파되고 화재까지 났음에도 시신이 놓인 방만큼은 멀쩡했다. 전투 중에도 적시운이 특별히 안배를 해놓은 덕이었다.

그러는 동안 문수아에겐 심자홍을 데리고 오도록 했다. 두여인은 요화란의 시신을 확인하고서 억눌린 통곡을 흘렸다.

그녀들이 어느 정도 진정된 다음 적시운은 대략적으로 상황을 설명했다.

"천무맹은 너희 모두를 죽이려 할 거다. 이건 내가 제석천으로부터 직접 확인한 사항이야."

"……."

"……."

"여기 남아 있으면 놈들의 사냥감이 될 뿐이니, 너희와 너희 혈육들을 한반도로 이주시킬 생각이다."

"……!"

심자홍이 놀란 눈으로 적시운을 올려다봤다.

"약속했어, 그 여자하고."

"화란 님과……?"

"그래, 엄밀히 말하자면 약속이 아니라 나 혼자 다짐한 것이라고 해야겠지만."

"하지만…… 그래야 할 의리나 이유 같은 건 없잖아요?"

"공짜로 이주시키겠다는 건 아냐. 너희 또한 우리와 협력해 천무맹에 맞서야 할 테니."

"결국."

문수아가 착 가라앉은 어조로 말했다.

"주작전을 휘하 세력으로 흡수하겠다는 거잖아."

"그래."

적시운은 솔직하게 대답했다.

"너희 모두를 지키겠다거나, 나만 믿으라는 헛소리는 하지 않을 거다. 너희도 우리와 함께 싸워야 해. 하지만 그에 따른 대가만큼은 확실하게 챙길 수 있을 거다."

"대가? 돈이나 명예 같은 걸 우리가 바란다고 생각해?"

"아니, 내가 말하는 대가는 그딴 게 아냐."

"그럼 뭔데?"

"천무맹의 파멸."

적시운은 단호히 밀했다.

"천무맹, 팔부신중, 사신전, 백진율, 무백인지 뭔지 하는 늙은이…… 전부 내 손으로 사냥할 거다. 제석천을 사냥했던 것처럼, 아수라나 상우천을 해치운 것처럼."

"……."

"나와 함께하면 복수의 단맛만큼은 확실하게 느끼게 해주겠어. 내가 제시할 수 있는 건 그게 전부다."

"따르겠어."

문수아가 말했다. 심자홍 또한 짧은 고민 끝에 고개를 끄덕였다.

"어차피 이곳에 남아 있어봐야 미래는 없겠죠. 주작전의 자매들에게 이 얘기를 통보하겠어요."

"시간이 얼마 없으니 빨리 끝마치도록 해. 남겠다고 고집부리는 사람이 있으면 설득할 생각 말고 내버려 둬."

"걱정 마세요. 자매들도 이야기를 듣는다면 이해해 줄 테니."

심자홍의 호언장담과 달리 이튿날까지 동의를 표시한 주작전 무사는 절반가량에 지나지 않았다. 더 시간을 낭비할 수는 없었기에 적시운은 일단 그들만이라도 데리고서 떠나기로 했다.

"이동 수단은요?"

"수배해 뒀지."

위이이이잉.

대규모의 비행선단이 세부 상공에 떴다. 국방부장관 대리, 김성렬이 직접 이끌고 온 대한민국 공군 수송대였다.

"필리핀 정부 측 항의가 말도 아니야. 당장 꺼지지 않으면 요격도 불사하겠다고 침을 튀겨대는군."

"중국 정부는요?"

"특이하게도 별 반응이 없어. 비록 수송선단이라고는 하지만 비행선단이 자기네 영토를 지나쳤는데도 말이지."

"기습의 가능성도 있겠군요."

"그런 것 같지는 않네. 방공포의 움직임이 전혀 보이지 않거든. 상부에서 지시가 내려온 모양이야."

의아한 일이었지만 깊게 생각한다고 답이 나올 문제도 아니었다.

김성렬은 탑승 중인 주작전 무사들을 돌아봤다.

"저들인가? 자네가 말한 전투원이."

"예."

"이젠 아주 여자를 무더기로 데려오는군."

"부러우세요?"

"그런 게 아니라……."

헛기침을 한 김성렬이 말을 돌렸다.

"이곳에서도 한바탕 크게 벌인 모양이구먼."

"예."

하룻밤 새에 4명의 팔부신중과 한 명의 사신전주가 사망했다. 상우천까지 포함해 천무맹 12강 중 절반이 쓸려 나간 것이다.

여기까지 왔다면 이어질 귀결은 하나뿐이었다.

"선전포고를 한 셈이죠."

제43장
한중회담

1

"왜 요격하지 않았는가?!"

백발의 노인이 문을 벌컥 열고 들어오며 소리쳤다. 어쩐지 희극적인 장면. 그러나 그 장소가 주석실이라면 얘기가 달라진다.

"지금 뭐 하는 짓입니까!"

중화당 주석 심인평이 소리쳤다. 원래대로면 자기보다 먼저 나섰어야 할 수행원들이 멀뚱히 서 있다는 사실에 내심 분노하며.

무백노사는 조금도 저어하지 않는 표정이었다.

"묻는 말에나 똑바로 말하게. 왜 조선 놈들 비행선단을 요격하지 않았어!"

울컥 치솟는 짜증과 분노. 욕설을 한 됫박 쏟아붓고 싶은 심인평이었으나 애써 노기를 억눌렀다.

"요격해야 할 이유가 없었으니까요."

"전투 비행선단이 자국 영토에 침범했는데 이유가 없다고?"

"전투용이 아닌 수송선들이었습니다. 한국은 우리의 동맹국이고요. 모르셨습니까?"

"비천한 동이족 놈들을 믿는단 말인가?"

"믿어선 안 될 이유라도 있습니까?"

무백노사가 얼굴을 잔뜩 일그러뜨렸다. 당장 쳐 죽이고 싶지만 뒤가 귀찮아질 테니 참는다는 게 빤히 보이는 표정. 덕분에 심인평의 복장도 한층 뒤집혔다.

"제석천이 죽었다. 아수라와 범천, 가루다까지도!"

"……!"

심인평의 눈동자가 흔들렸다. 다른 팔부신중들의 죽음도 놀라웠지만 제석천의 죽음은 차원이 달랐던 것이다.

제석천의 금강불괴지체는 생물의 한계를 아득히 넘어선 경지였다. 근거리에서 자주포를 갈겨도 흠집 하나 나지 않는 것을 어떻게 생물체라 부를 수 있겠는가.

그런 제석천이 죽었다고 한다. 며칠 전에 대화까지 나누었던 인물이, 믿을 수 없을 만큼 허무하게.

"필시 요화란 그 계집이 문제였을 것이다."

"주작전주 말입니까?"

"그렇다! 그 망할 년의 시체를 찾아내지 못한 게 천추의 한일 따름이다."

대체 무슨 일이 있었단 말인가?

심인평이 혼란스러워하는 동안 무백노사는 분노의 눈빛을 활활 불태웠다.

"네놈이 통과시켜 준 비행선들은 주작전 계집년들을 수송하기 위해 파견된 것이었다. 포를 갈겨 떨어뜨리지 못한 까닭에 그년들은 죄다 무사히 조선반도로 건너갔지!"

"……"

"변명할 말이 남아 있더냐?"

"적시운입니까?"

"뭐라고?"

"적시운, 그자가 제석천과 팔부신중을 살해한 것이냐고 물었습니다."

"……그렇다. 그 빌어먹을 천마의 후계자 놈이 아니면 또 누가 있겠느냐."

이를 뿌득 갈며 화를 삭이는 무백노사. 그사이 심인평의 눈에 희미한 이채가 스쳐 지나갔다.

"알겠습니다. 앞으로는 주의하지요."

"주의라고? 고작?"

"그럼 석고대죄라도 할까요? 그래야 분이 풀리시겠습니까?"

"네놈!"

"천무맹과의 관계가 어떻든 간에 표면상 대한민국은 여전히 중화인민공화국의 동맹국입니다. 국가 제일당인 중화당의 주석인 저로서는 그 사실을 간과하지 않을 수 없습니다."

"심인평……!"

"다만 앞으로는 천무맹과의 특수한 관계를 감안해 보다 대한민국 정부를 압박하도록 계획을 수립하겠습니다. 이 정도면 답변이 되겠습니까?"

"……."

무백노사는 입을 꾹 다문 채 심인평을 노려봤다. 무의 극에 달한 달인의 시선. 마주하는 것만으로도 보통 사람은 오줌을 지릴 터였지만 심인평 또한 허투루 주석 자리에 오른 인물은 아니었다.

"추가적인 협조가 필요하다면 공문으로 작성하여 보내주십시오. 이렇게 아무 때나 무턱대고 쳐들어오지 마시고, 아시겠습니까?"

"……좋다. 이번엔 내가 조금 흥분했던 것 같구나."

무백노사가 돌연 태도를 바꾸고는 한걸음 물러났다.

"유의하지, 중화당 주석이여. 미안하게 되었군."

"사과하실 필요는 없습니다."

"아니, 자네는 응당 사과를 받아야 하네. 그래야 훗날 사과할 일이 생겼을 때 오늘의 이 일을 떠올리게 될 테니."

"……."

"자네도 유의하는 것이 좋을 게야. 호가호위하는 여우가 너무 나대다간 범의 발톱이 내리꽂히리라는 것을."

"……."

"즐거운 하루 보내게나, 할 수 있다면."

무백노사가 문을 쾅 닫고 나갔다. 숨 쉬는 소리조차 내지 못한 채 긴장하고 있던 수행원들이 묵은 한숨을 토해냈다.

심인평은 말없이 그들을 바라봤다. 도둑이 제 발 저린다고 수행원들이 더듬더듬 말을 꺼냈다.

"죄송합니다, 주석. 저희는 그저……."

"나가시오, 혼자 있고 싶으니. 어서."

"예, 옙."

수행원들이 우르르 빠져나갔다.

혼자가 된 심인평은 의자에 몸을 파묻었다. 그의 손이 책상 아래의 스위치를 켰다.

주석실에 장치된 특수 결계 가동 장치. 이능력은 물론 무공을 이용한 도청까지도 방어해 내는 장치로, 주술과 과학이 결합된 하이브리드 테크놀로지의 산물이었다.

과학의 힘은 이제 이능력을 넘어 무공에까지 영향을 끼치고 있었다. 아직은 걸음마 단계에 불과했지만, 중화당의 최정예 과학자들은 지금 이 순간에도 천무맹에 맞서기 위한 수단을 연구하고 있었다.

"후우."

심인평은 최고급 가죽 의자에 머리를 파묻었다.

"제석천을 포함한 팔부신중의 넷이 살해당했다……."

요화란까지 죽었다고 친다면 천무맹 12강이 한순간에 반토막이 난 셈이었다.

"그리고 늙은 구렁이는 내 목덜미에 송곳니를 드리우고 있다."

무백.

어떤 의미로는 천무맹주 백진율보다도 두려운 사내.

오늘 일이 아니더라도 그는 심인평을 탐탁지 않게 여기고 있었다. 다만 오늘 일로 인해 그 불신에 기름이 부어졌으리란 점은 명확했다.

그래도 심인평은 후회하지 않았다. 대들지 않았더라도 언젠가는 이떤 형태로든 축출당했을 것이 그의 운명이었기에.

"천무맹과는 같은 하늘을 이고 살 수 없다."

시간은 촉박했다. 그에게 남겨진 여유는 그리 많지 않았다. 그동안에 어떻게든 이 정국을 뒤집을 한 방이 필요했다.

"어쩌면 그 한 방이 의외로 가까운 곳에 있을지도."

동방의 귀인이란 말이 있다던가?

심인평에게도 그런 귀인이 나타난 것인지도 몰랐다.

주작전의 무사 및 가족에 대한 편의는 태천그룹과 KP그룹이 반씩 부담하기로 했다.

필리핀 정부 측의 항의는 권창수가 나서서 무마했다. 다만 탁상 협정의 특성상 깔끔하게 마무리되진 않았다.

"자꾸 이번 건을 빌미로 뭔가를 뜯어내려 하는군요. KP의 무선통신 핵심 기술을 공유하라고 딜을 넣고 있습니다."

"처리하죠."

적시운은 헨리에타 일행에게 연락을 넣었다. 심자홍을 대동한 채 세부에 남아 있던 그들은 각 야쿠자 파벌의 아지트를 기습해 보이는 대로 소탕했다. 더불어 그들이 재배하던 대마밭과 양귀비밭을 모조리 불살랐다. 그러고 나니 필리핀 정부 측에서 재차 연락을 걸어왔다.

"다 없었던 일로 하겠다는군요. 마약상과 야쿠자 놈들에

게 어지간히도 받아먹었을 텐데 의외로 간단히 손을 뗴었
네요."

"놈들도 계산이란 걸 할 줄 알 테니까요."

심자홍은 그 와중에도 세부에 잔류한 주작전 동지들을 필
사적으로 설득했다. 헨리에타 일행은 사실상 그녀의 보호 및
감시 역으로 남은 셈이었다.

신서울에선 주작전 무사들의 귀화 및 등록 절차가 이루어
졌다. 예전이었다면 복잡한 수속이 필요했겠으나 지금은 사
정이 전혀 달랐다.

"이름은 뭐 생각해 둔 거 있어?"

"이름?"

적시운의 반응에 문수아가 양손을 허리에 얹었다.

"그럼, 계속 주작전이라고 부를 셈이야?"

"아."

적시운은 떨떠름하게 고개를 끄덕였다.

"너희한테 좀 더 시간을 주려고 했지. 안 그래도 요화란
일로 심란할 텐데."

"언제부터 그렇게 착해빠지셨다고."

"난 딱히 착한 놈도 아니지만 그렇다고 대책 없이 사악한
놈도 아냐."

"퍽이나."

"군림고, 다시 심는다?"

"······악당."

진저리를 치는 문수아. 그래도 예전의 표독스러움과 적개심은 많이 사라졌다. 요화란의 장례식을 최대한 정성껏 치러 준 이후, 적시운을 대하는 문수아의 태도도 매우 우호적으로 변했다. 단지 겉으로 드러내기를 꺼릴 뿐.

"어쨌든 생각 좀 해줘. 그래도 우리보단 당신이 이름 짓는 편이 나을 테니."

"어, 그래."

문수아가 방을 나가고 잠시 후, 머릿속에서 음성이 울렸다.

[흑란단(黑蘭團). 어떤가?]

'그건 또 뭔데?'

[본좌가 그냥 생각해 냈네. 어때, 퍽 어울리는 이름이 아닌가?]

'당신은 참 속 편하겠어. 한가하게 엉덩이 뭉개고 앉아서 그런 거나 생각하고.'

[흠흠.]

적시운은 의자에 상체를 뉘였다. 눕다시피 앉은 채로 조금 쉬려는 생각이었으나 몇 분 지나지도 않아 노크 소리가 들려왔다.

"누구야?"

대충 질문부터 던진 적시운이었으나 금세 상대방의 정체를 파악했다.

　"여기는 웬일입니까?"

　문이 열리기도 전에 적시운의 질문이 나왔다. 뒤늦게 문을 열고 들어선 권창수가 쓴웃음을 지었다.

　"급히 상의해야 할 일이 생겨서 말입니다."

　신북경에서 서쪽으로 500㎞ 가까이 떨어진 먼 곳엔 대도시의 폐허가 존재했다.

　폐허 자체는 특이할 게 없었다. 중국뿐 아니라 유라시아 대륙 전역에서 발견할 수 있는, 평범한 황폐지대 중 하나일 따름.

　특이한 점은 그 안에 있었다. 폐허 내부에 광활한 밀림지대가 존재했던 것이다.

　내부 깊은 곳으로 들어가면 이야기로나 들어봤을 법한 호수가 나타난다. 마수와의 전쟁으로 오염된 세계에선 상상도 하기 힘든 청정무구한 호수가 말이다.

　북미 대륙의 도시, 오소독스와 비슷한 경우.

　그 호수의 존재를 아는 이는 많지 않다.

밀림 내부는 인간의 접근을 불허하는 마수들의 영역. 군 병력을 동원해도 섬멸한다는 건 쉽지 않았던 것이다.

그러한 호숫가에 일련의 무리가 모여 있었다. 별다른 무기를 소지하지 않은 인간들. 특이점이라면 그들 뒤로 길게 이어져 있는 사체의 산이었다.

사체는 모두 마수의 것이었다. 그들을 사냥한 것은 물론 호반에 선 인간들이었고.

"후우."

현무전주, 폭뢰권왕 황사룡이 피 묻은 손을 털었다. 평소라면 어떤 형태로도 투덜거렸을 그였으나 오늘만큼은 굳은 표정으로 침묵을 지키고 있었다.

백호전주, 참궁검왕 남궁혁도 마찬가지. 그뿐 아니라 4인의 팔부신중 또한 침묵하고 있었다. 천무맹 12강의 절반인 6인만이 모인 데 대하여 하나같이 촉이 왔던 까닭이다.

메마른 시선으로 그들을 바라보던 무백노사가 입을 열었다.

"제석천, 범천, 아수라, 가루다가 죽었다."

"······!"

"요화란이 천무맹을 배신했다. 그 밉살스러운 년도 뒈진 모양이다. 아쉽게도 시체를 수습하지는 못했지만 말이지."

무백노사의 악취미. 그녀의 시체를 구했다면 어떤 형태로든 부관참시를 했으리라.

"대체 뭐가 어떻게 된 일이우? 다른 사람도 아니고 제석천이 당하다니?"

"차차 설명하지. 그 전에 재편부터 할 것이다."

무백노사는 4인의 팔부신중을 돌아봤다.

"간다르바, 마후라가, 각나찰, 창야차. 너희는 당분간 창궁검왕의 지휘를 따르거라."

"……!"

반발 가득한 침묵이 되돌아왔다.

무백노사의 눈빛에 희미한 살기가 어렸다.

"너희 중 누구라도 창궁검왕을 이길 수 있다면 불만을 받아들이마."

"……."

기 꺾인 침묵은 곧 체념과도 같았다.

그들이 동의했음을 깨달은 무백노사가 고개를 끄덕였다.

"좋다. 그렇다면 지금부터는 빠르게 움직여야 할 것이다."

"적시운의 척살은 맹주께 달린 문제가 아닙니까?"

창궁검왕 남궁혁의 질문에 무백노사는 고개를 가로저었다.

"그 개자식은 기필고 뼈를 씹고 가죽을 찢어발길 것이다. 하나 지금 처리해야 할 것은 놈이 아니다."

"하면……?"

무백노사의 눈빛이 구렁이처럼 희번덕거렸다.

"주인도 몰라보고 송곳니를 드러낸 개새끼부터 처리해야 할 것이다."

2

적시운의 눈썹이 꿈틀댔다.

"정상회담?"

"그렇습니다. 다만 공식적 기록은 남지 않는 비밀 회담이지요."

"국가 정상끼리 대화하자는 거군요. 그 제의가 의원님한테 간 겁니까?"

"아닙니다."

권창수는 고개를 저었다.

"중화당 측에선 적시운 님을 지목했습니다."

"……나는 국가 정상 같은 게 아닌데요."

"심인평 주석의 생각은 다른 모양이더군요. 아마 반대할 사람도 없을 테고요. 어떤 의미로든 간에 말이죠."

적시운은 눈살을 찌푸렸다.

중화당은 천무맹과 태생적 밀월 관계. 그런 중화당의 중추 인사가 적시운을 보자고 한다는데 껄끄럽지 않을 리 없었다.

'하지만……'

겁먹고 움츠릴 생각 따윈 없었다. 무엇보다도 이렇게까지 노골적이어선 함정이라 보기도 어려웠다. 설령 함정일 가능성이 있더라도 그걸 감수해 가며 만나볼 만한 가치는 충분했고.

"어디서 보잡니까?"

접선 장소는 대마도였다.

한국령도 아니며 중국령도 아닌 중립적인 공간. 일본 정부 측이 사실상 버린 땅이기에 더더욱 그러했다. 지리적으로 중국보다 한국에 훨씬 가깝다는 걸 생각하면 중화당 측에서 꽤나 선심 썼다는 느낌도 들었다.

물론 좋게만 볼 일은 아니었다.

중립 지역이란 건 무슨 짓을 벌여도 좋다는 의미. 예컨대 폭격을 쏟아부어 초토화시키더라도 뒤탈 날 일이 없다는 뜻이었다. 그런 관점에서 보자면 한국과 가깝다는 것도 딱히 장점이 되진 않았다. 어디까지나 전부 추측에 불과하긴 했지만.

"……."

적시운은 파도치는 바다를 바라보며 서 있었다. 심인평 측에서 보내온 접선 장소였다.

대마도 어디에서나 볼 수 있을 법한 쓰레기 가득한 해안. 바다는 오염되어 검은 파도가 흐느적거리고 하늘빛도 우중충한 회색이었다.

희망이라고는 눈을 씻고 찾아봐도 볼 수가 없는 공간. 어떻게 보면 회담을 나누기에 안성맞춤인 듯도 싶었다.

'뭔가 온다.'

우우웅.

얼마 떨어지지 않은 위치에서 빛이 번뜩였다. 텔레포트를 통해 심인평과 수행원 한 명이 나타났다.

잠시 통역 장치를 조작한 심인평이 입을 열었다.

"혼자 온 건가?"

"그래."

자신을 제외한 아무에게도 얘기하지 말라고 권창수에게 일러둔 차. 적시운이 여기 와 있다는 걸 아는 이는 권창수 한 사람뿐이었다.

"반면에 당신은 혼자가 아니군."

"이 친구는 텔레포터일 뿐. 암습이나 다른 수작을 부리고자 데려온 게 아니다."

"그래 보이는군."

정장 차림의 사내를 훑어본 적시운이 대답했다. 심인평은 그에게 물러나 있으라는 눈짓을 했다.

"보아하니 쓸데없는 잡담을 좋아하는 성격 같진 않은데, 바로 본론으로 들어가도 될까?"

"얼마든지."

"좋아, 너와 만나고 싶다고 한 것은 천무맹 때문이다."

뭐라 대답할까 잠시 생각하던 적시운은 실소를 머금었다.

"당신네 기둥서방 말이지."

"재미있군."

웃음기 하나 없는 얼굴로 대답하는 심인평. 조금 더 도발해 볼까 싶었으나 적시운은 관두기로 했다.

"그 기둥서방에게서 죽음의 위협을 받고 있다. 이 정도면 설명이 되겠나."

"천무맹이 중화당을 말살하려 한다고?"

"엄밀히 말하면 나를. 그러니 말살이란 거창한 표현은 어울리지 않을 것이다. 나 하나 죽이는 것쯤이야 식은 죽 먹기보다도 쉬운 일일 테니."

"……."

적시운은 새삼스럽다는 눈으로 심인평을 바라봤다.

"당신, 심인평 맞는 거지? 중국 집권당인 중화당의 주석."

"내 사진 정도는 봐두었을 텐데?"

"얼굴 속이는 일쯤은 어렵지 않잖아. 인피면구라거나, 성형수술이라거나."

"그런 걸 간파하는 일도 네게 있어선 어렵지 않지. 안 그런가?"

"그렇긴 하지."

인피면구나 성형수술의 미묘한 이질감을 간파 못 할 적시운이 아니었다.

그리고 적시운이 보기에 눈앞의 사내는 심인평 본인이 맞았다. 그렇기에 더더욱 의구심이 들 수밖에 없었고.

"여전히 함정의 가능성을 의심하고 있나 보군."

"댁이 내 입장이어도 그럴걸."

"좋다. 의심은 나쁜 게 아니지. 날 믿어달라고 떠들진 않겠다. 어차피 그런 설득이 통할 리도 없고."

"잘 안다면 용건만 명확하게 말해."

심인평은 고개를 끄덕였다.

"무백노사에 대해 알고 있나?"

"백진율의 스승, 천무맹의 브레인."

"그렇다. 현 중화당─천무맹 체계의 기틀을 잡았고, 백진율이라는 중국 역사상 최고의 괴물을 길러낸 장본인이지."

[문외한이라 그런지 개소리를 하는구먼.]

천마가 투덜거렸다.

심인평이 말을 이었다.

"더불어 본인 역시 무의 극에 달했노라는 상찬을 받았던 무인이기도 하다. 뭐, 그건 어느 정도 과장되었다는 얘기도 있긴 하지만."

"그자와의 관계가 완전히 틀어졌다는 건가?"

"그렇다. 어느 정도는 예견된 일이었지. 나는 애초부터 천무맹의 사상에 반감을 가졌었으니."

"중화사상 말이군."

심인평은 고개를 끄덕였다.

"중국인은 타민족보다 우월하며 중화야말로 세상의 중심이다. 공산당 시절에도 이미 팽배해 있었던 사상이지만, 검은 안식일과 마수 전쟁을 거치며 한층 확고해졌다."

"민중을 결집시키는 데 있어 쉽고도 효과적인 수단이니까. 우리는 남들보다 잘났으니 짓밟고 군림하자. 먹고살기 팍팍한 사람들에게 얼마나 달콤하게 들리겠어?"

적시운이 냉소를 머금었다.

"한데 지금까지 실컷 천무맹의 나팔수 역할을 해왔으면서 이제 와서 그게 싫었다는 거군. 목에 칼이 들어온 다음에야 말이야."

"……변명하진 않겠다. 최대한 타민족의 편의를 봐주고자 노력은 했지만 큰 흐름에 있어선 천무맹을 거스를 수 없었던 게 사실이니."

"지금 네가 지껄이는 말을 변명이라고 하는 거다."

심인평은 굳은 얼굴로 고개를 끄덕였다.

"확실히 그렇군. 좋아, 이 얘기는 그만하지. 나 자신을 변호하지 않겠다. 대신 거래를 청하지."

"무엇을 주고 무엇을 받겠다는 거지?"

"작게는 무백, 크게는 천무맹의 파멸을 원한다. 그 대가로 중국 정부가 독점 중인 기술 및 자원을 제공하겠다."

"기술이라. 예를 들면?"

"내공 억제 장치라면 어떻겠나?"

"내공 억제 장치?"

"그렇다. 이름 그대로 이능력 억제 장치의 다른 버전이지. 아직 초기 개발 단계에 있긴 하지만, 효과는 유효하다."

"솔깃한걸. 하지만 그 정도로는 부족해."

"원하는 걸 구체적으로 말해준다면 나로서도 편할 것 같군. 물론……."

심인평의 입가에 희미한 미소가 맺혔다.

"자네가 원하는 게 뭔지는 대강 알고 있지만."

적시운의 눈빛이 착 가라앉았다.

"알고 있으면 털어놓으면 되겠네."

"그럴 수야 있나. 이 한마디가 내 명줄을 보장해 줄 텐데."

"……"

"10년 전에 시행했던 타입 슬립 프로젝트. 대체 그 목적은 뭐였고 주도자는 누구였는가? 자네가 원하는 건 그 정보일 테지?"

"그 이상. 그 프로젝트와 관련된 정보를 죄다 토해냈으면 하는데."

"……10년 전이면 전임 주석이 집권 중이던 때다. 하지만 조사는 해두었지."

"토해. 아니면 두들겨서라도 게워내게 만들 거다."

"나는 지금 면도날 위를 걷고 있다. 까딱하면 뒈진다는 거지. 죽을 각오쯤은 이미 해뒀다는 거다."

"그래서?"

"나 하나를 죽이는 것쯤은 네게 있어 간단한 일이겠지. 하지만 단언컨대, 내가 죽고 나면 중화당 내에 네게 우호적인 사람은 하나도 남지 않게 될 거다."

"……"

"그들 모두와 싸우는 것보단 협력하는 편이 조금이라도 나을 텐데? 더 이상 너는 홀몸이 아니지 않나?"

심인평이 나직이 한숨을 내쉬었다.

"분명히 약속하지. 협력해 준다면 모든 진실을 털어놓겠다. 하지만 지금은 안 돼. 그 진실이야말로 내 구명줄이니까."

"두들기지 않더라도 알아낼 방법쯤은 얼마든지 있어."

"고독 말인가?"

적시운의 눈썹이 꿈틀댔다.

"앞서 말했듯이 난 이미 목숨을 걸었다. 그래서 나름의 대비를 해두었지."

심인평이 자그만 장치를 들어 보였다. 스위치가 달려 있는 걸로 봐선 무언가의 기폭 장치인 듯했다.

"이걸 누르면 내 심장에 부착된 폭탄이 터진다. 무리한 충격이나 고통이 몸에 가해져도 터지게 해두었지. 난 겁이 많아서 고문 같은 걸 버틸 자신이 없거든."

"그래서 자기 몸에 폭탄을 달아뒀다고? 제정신이 아니군."

"내가 지금 나 하나 살자고 이러는 것 같나?"

"……."

"지켜야 할 게 있는 건 너뿐만이 아니다. 난 내 나름대로 이 한판에 목숨을 걸었어. 내가 지닌 카드를 쉽사리 보여줄 생각은 없다."

적시운은 기감을 통해 심인평의 체내를 살폈다. 과연 제석천이 그랬던 것처럼 그의 심장에도 금속성의 물체가 부착되어 있었다.

"거짓말 같지는 않군."

적시운은 살기를 거뒀다. 억지로라도 고독을 심을 수는 있겠지만 좋은 생각 같지는 않았다. 심인평의 말대로라면 고독을 심는 것만으로도 폭탄이 터지게 될 수도 있었으니.

'게다가……'

조금이라도 피해를 줄일 수 있다는 심인평의 말이 마음에 걸렸다. 단순히 천무맹과 싸워 이기는 것만이 문제는 아니었던 것이다.

무엇보다 이 제안이 함정이라 해도 달라지는 건 없었다. 어차피 싸워야 할 상대와 싸우게 될 뿐이니.

"구체적으로 말해봐. 내가 무엇을 했으면 하지?"

"네가 천무맹 12강의 절반을 궤멸시켜 준 덕분에 무백, 그 늙은이는 무척이나 초조해하고 있다. 그자가 풍기는 불안감이 악취처럼 코를 찌를 정도다."

천무맹 12강의 절반이 죽었다는 건 심대한 타격이었다. 더군다나 상우천의 경우엔 휘하 세력까지 궤멸당했고 요화란은 아예 주작전 대부분이 적시운에게 넘어가 버렸다.

반면 적시운 측이 입은 타격은 거의 없는 수준. 무백노사로서는 피가 거꾸로 솟을 일이었다.

"그자의 생각은 명확하다. 너 하나만 해치우면 사실상 모든 게 끝나리라 생각하고 있지. 그리고 그건 사실에 가깝고."

"그건 그래."

한국 측은 적시운에게 지나치리만치 의존하고 있다. 이것은 적시운 본인도 체감하고 있는 불안 요소였다.

"결국 너희를 상대하기 위한 가장 좋은 전술은 전장 확대다. 동시에 여러 곳을 치는 거지. 네가 투입된 장소에선 필패하겠지만, 그 이외의 곳에선 필승할 수 있으니."

"……."

"하지만 무백노사는 거기까지 내다보지 못하고 있다. 분노로 인해 냉정을 잃었지. 그는 단번에 너를 죽여서 이 상황을 끝내고 싶어 한다."

"그 점을 역이용하자는 건가?"

"그렇다."

심인평의 눈이 서늘하게 빛났다.

"내가 그 늙은이를 네 앞으로 끌어내겠다. 그리고 네가 무백노괴를 처치한다면……."

"천무맹에 심대한 타격을 입히게 되겠군."

"그래, 잘하면 천무맹 전체를 붕괴시킬 수 있을지도 모른다."

건곤일척.

단 한 방의 치명타로 천무맹이라는 대어를 낚을 수 있다. 나아가 자칫 두 국가가 휘말리게 될지도 모르는 전쟁을 미연에 방지할 수도 있다.

"그렇다면……."

3

신서울, 데몬 오더의 아지트.

과천 특구에 있던 원래 아지트는 흑룡방의 습격으로 인해 파괴되었고 새로이 신서울에 건물을 얻은 차였다.

"다녀오신 일은 잘됐어요?"

"어느 정도는."

적시운은 의자에 몸을 묻었다.

길드 마스터의 집무실. 적시운 전용의 방이었으나 실제로 들어와 보는 것은 처음이었다.

"무슨 일이었는지는 설명 안 해주시고요?"

"응."

"알겠어요. 그럼 더 묻지는 않을게요."

차수정은 새침한 얼굴로 말했다.

"주작전 전투원들의 귀화 작업이 마무리됐어요. 권 의원님 덕택에 주거 문제도 해결됐고요. 다만……."

"다만, 뭐?"

"정신적으로 많이들 힘들어하는 것 같아요."

아무래도 그럴 수밖에 없었다. 하루아침에 수좌를 잃고 조직에서도 쫓겨난 입장이 되었으니. 혼란스러운 상황에 심자홍의 말만 믿고서 절반이나 따라왔다는 게 오히려 기적이었다.

"어쩔 수 없지. 사람 마음 심란한 걸 어떻게 해줄 수 있는 것도 아니고."

"그건 그렇죠. 그래서 얼른 새 이름을 지어주길 바라는 눈치예요."

"이름?"

"주작전을 대신할 새 명칭 말이에요."

"명칭 하나 바뀐다고 뭐가 달라지겠어?"

"그렇지만도 않아요. 기억 같은 건 별것 아닌 단어나 이름을 통해 상기되는 법이거든요. 왜, 정치인들도 비리 한 번 터지면 정당 이름 바꾸고 딴 사람인 척하잖아요. 사람들은 그걸 보고 정말 딴 사람들인 줄 알고요."

"……은근히 정확한 비유인데."

적시운은 천마에게 추천받은 이름을 살짝 변형하여 사용하기로 했다.

"흑란대. 어때 보여?"

"괜찮네요. 뭔가 무협 영화에서 나올 법한 이름 같지만요."

"그래서 좋은 거지."

"알겠어요. 그렇게 전하고 의견을 들어볼게요."

고개를 끄덕인 적시운이 화제를 돌렸다.

"그건 그렇고 현준이네는 어때? 길드원들 단련시키는 건 좀 어떻게 되고 있대?"

"우리가 자리를 비운 동안 뭔가를 하긴 한 모양이에요. 그게 수련인지 내리갈굼인지는 확신이 안 들지만요."

"애들 상태가 어떻기에? 시간도 좀 지났으니 뭔가 진척이 있을 것 아냐?"

"그게…… 제 안목으론 확신이 안 서서 문수아더러 좀 봐 달라고 했어요."

"그래서, 뭐래?"

잠시 우물쭈물하던 차수정이 체념하듯 말했다.

"건강 기공 체조를 시켜도 이것보단 낫겠다던데요?"

"……하긴 그 녀석도 배운 지 얼마 안 된 문외한인데, 첫술에 배부를 거라 생각하는 게 도둑놈 심보지."

이래저래 주작전을 흡수하게 된 건 호재였다. 문수아를 비롯한 무사들의 도움이 더해진다면 길드원들의 단련에도 진척이 보일 터였다.

"세부 쪽은 어때?"

"설득은 순조로운 모양이에요. 벌써 30명 가까운 전투원이 추가로 마음을 바꿨어요."

"입국은?"

"밀항선을 이용하려는 모양이에요. 해안선을 따라 항해하면 마수들과의 접촉을 최소화할 수 있다더라고요."

"충돌은 없고?"

"네, 야쿠자들을 손봐준 이후로는 필리핀 정부도 잠잠한가 보더라고요. 천무맹 측에서도 이상하게 반응이 없고요."

"그래······."

"그래도 불안해요. 비밀리에 공작이 진행되고 있을지도 모르잖아요?"

"그럴지도 모르지."

"하루빨리 헨리에타 씨 일행도 한국으로 불러들여야 하지 않을까요?"

"지금은 안 돼."

"뭔가 이유라도 있어요?"

"응."

"설명할 수는 없고요?"

"응."

"어휴."

차수정이 장난스럽게 한숨을 내쉬었다.

"알겠어요. 궁금하지만 참아야죠, 뭐. 하여간 다들 괜찮은 거죠? 뭔가 위험한 일은 생기지 않는 거죠?"

"응."

잠시 뜸을 들인 적시운이 덧붙였다.

"그렇게 되게끔 노력해야지."

몇 마디의 잡담을 뒤로하고 차수정이 방을 나갔다.

적시운은 여전히 낯선 방 안을 한차례 둘러보고서 눈을 감았다.

침묵을 고수하던 천마가 입을 열었다.

[그 정치꾼의 계획대로 일이 풀릴 거라 생각하나?]

"반반…… 아니, 부정적인 쪽에 가깝다고 해야겠지. 이런 식의 비밀 회담을 시도한 것부터가 지지 기반이 불안정하다는 반증이니까."

[흠, 그러니까 자네 말은…….]

"심인평이 성공하든 실패하든, 1차 전쟁은 세부가 되겠지."

심인평은 적시운에게 한 가지 계획을 제안했다. 거짓 정보를 흘려 무백노사를 꾀어내자는 것이었다.

그러는 데 있어 현재로서 가장 적절한 미끼는 헨리에타 일행. 그들의 위치를 흘리는 척하며 적시운과 무백노사를 단독으로 조우하게 만들겠다는 게 심인평의 계획이었다.

"떨거지들을 노괴에게서 떨어뜨리는 일은 내가 맡지. 무슨 수를 쓰든 간에 무백 그 늙은이가 혼자가 되게끔 만들겠네."

심인평은 필사적인 얼굴로 말했다.

"그다음은 네게 달린 문제다."

"만약 일이 틀어진다면? 내가 되었든 당신이 되었든 둘 중 한 명만 실패하더라도 모든 게 끝장일 텐데."

"그때는……."

심인평은 쓰게 웃었다.

"죽음을 각오하는 수밖에."

그때 적시운은 깨달았다. 심인평이 보기보다 더 궁지에 몰려 있다는 사실을.

집권당인 중화당의 주석이라면 대한민국의 대통령보다도 강력한 권력자일진대, 이렇게까지 고독하고 처량해 보일 수 있다는 게 놀라웠다.

하지만 지금 다시 생각해 보니 충분히 그럴 만하다는 생각도 들었다.

당장 대한민국의 전임 대통령부터가 독살당하지 않았던가.

모든 것을 쥐고 있다고 여겨지는 권력자조차 결국은 더 거대한 힘의 하수인일 뿐.

무백노사, 나아가 백진율조차 거대한 톱니바퀴의 일부에 지나지 않는다는 생각이 들었다.

"그렇다면 그 톱니들이 맞물린 기계장치의 핵심은 뭘까."

[그게 무슨 뜬구름 잡는 소린가?]

"그냥…… 단순히 천무맹을 쓰러뜨린다고 모든 게 끝날 거란 생각이 들지 않아서."

[그거야 당연한 얘기 아닌가?]

천마가 나직이 혀를 찼다.

[빌어먹을 무림맹의 후예 놈들을 처리하는 건 시작에 불과하네. 자네에겐 신생 천마신교의 재건이라는 숭고한 목적이 있지 않던가?]

"그딴 거 없어."

[이제 와서 이러긴가?]

"나중에 얘기하자고. 일단은 천무맹부터 무너뜨리는 게 우선이니까."

[그건 그렇군. 하긴 어차피 천무맹을 부수고 나면 자네도 인정

할 수밖에 없을 걸세.]

천마가 의미심장한 투로 말했다.

[자네는 이미 이 시대의 천마라는 것을.]

신북경으로 돌아온 심인평은 집무실에 들어섰다. 불이 꺼진 방의 전경 앞에서 무거운 한숨이 절로 나왔다.

거리상으로는 먼, 그러나 시간상으로는 짧은 여행이었다. 그럼에도 반나절을 쉬지 않고 걸은 것만 같은 피로감이 느껴졌다.

"수고했네, 적기린."

심인평이 의자에 몸을 던지며 말했다. 적기린이라 불린 텔레포터가 말없이 묵례를 했다. 그 사내야말로 온통 적투성이인 이 공간에서 신뢰할 수 있는 유일한 인물이었다.

심인평은 왼쪽 가슴을 부여잡고서 한 차례 더 한숨을 뱉었다.

"후우."

적시운에게 말했던 것엔 한 치의 거짓도 없었다.

애초에 백진율과도 비견될 고수를 속인다는 선택지 따위는 심인평에겐 존재하지 않았다.

그의 심장엔 소형 폭탄이 장치되어 있다. 최후의 발악 겸 고문 회피용이었다. 육체의 고통은 단단한 다짐마저 부숴 버리기도 하는 법이었기에.

'내가 죽더라도 아내와 아이들만큼은……'

심인평은 이 싸움에 목숨을 걸었다. 승산이 적으며, 설령 승리한다 하더라도 결코 안전을 담보할 수 없는 게임에 말이다.

그의 시선이 적기린에게로 향했다.

"가족들은 잘 도착했겠지?"

"확인해 보겠습니다."

PDA를 확인한 적기린이 고개를 들었다.

"모두 스위스에 무사히 도착했다고 메시지를 보내왔습니다."

"사진이나 영상은 없나? 직접 봐야만 안도할 수 있을 것 같군."

"바로 보내달라고 전달하겠습니다."

"그래."

심인평은 고개를 뒤로 젖혔다가 다시 숙였다. 후들거리는 두 다리가 진정할 생각을 않고 있었다.

천무맹에 대적한다.

그로 인한 공포. 심인평은 이미 목젖 앞까지 칼날을 대고서 춤추고 있는 신세였다.

"독한 술이 필요할 것 같네. 보드카 한 병만 가져다주지 않겠나?"

"심장에 좋지 않습니다, 각하."

"이대로 있다간 심장이 터져 버릴 것 같네. 마음을 진정시키기 위해서라도 알코올이 필요해."

"알겠습니다."

"겸사겸사 담배도 좀 가져와 주게."

"끊으셨던 걸로……."

"부탁일세."

적기린이 텔레포트로 금방 다녀왔다. 그에게서 술병을 받아 든 심인평이 곧장 뚜껑을 땄다. 독주를 벌컥벌컥 마시고 나니 다리의 떨림이 멎었다.

"이제 좀 살 것 같군."

"……."

"자네가 나를 섬긴 지 몇 년쯤 되었지, 적기린?"

"주석께서 갓 입당하셨을 때부터니 21년이 되었습니다."

"그래, 벌써 그렇게 되었군. 세월 참 빠른 것 같아."

심인평이 손가락을 내밀었다. 적기린이 담배를 꺼내 건네곤 라이터로 불을 붙였다. 담배를 한 모금 빨아 마신 심인평이 토하듯이 연기를 내뿜었다.

"맛있을 거라 생각했는데 그렇지도 않군."

"각하⋯⋯."

"이미 중화당 내에도 내 편은 없다는 것쯤은 나도 알고 있네. 의원들은 물론이고 잡일꾼 하나, 말단 하나까지도 전부 천무맹의 개가 되어버린 지 오래이며, 주석 따위는 그저 말 잘 듣는 허수아비에 불과하지."

"⋯⋯."

"승기가 희박한 싸움이야. 적시운이 약속대로 협력해 준다고 해도 승산이 3할을 넘기기 힘들 걸세."

잿빛 담배 연기가 스탠드 등 아래에서 흐물거렸다.

"그래도 하는 수밖에 없어. 하지 않으면 내가 죽으니까. 나뿐 아니라 내가 지키려는 모든 게 파멸하니까."

"주석 각하."

"무백노괴는 미쳤어. 천무맹의 방식에는 파멸만이 뒤따를 뿐이야. 백진율이라면 모르겠으나, 무백 그 늙은이만큼은 반드시 사라져야만 해."

"⋯⋯."

"동이, 남만, 북적, 서융. 그 모든 멸칭의 기저에는 파시즘이 깔려 있네. 중화사상은 포용의 사상이 아닌 배척의 사상이요, 화합의 사상이 아닌 분열의 사상일세."

심인평은 몇 모금의 보드카를 들이켰다. 식도가 타들어 가는 느낌에 절로 신음성을 흘러나왔다.

"사실 이런 말은 다 불필요한 수식에 불과해. 적시운이 제대로 보았지. 난 그저 뒈지기 싫어 발악하는 것일세. 이대로 멍청히 있다가 무백노괴에게 잡혀 죽기가 싫어서…… 지금 지껄이는 말들은 그저 정당성을 부여하려는 미사여구에 불과해."

"각하."

적기린이 무언가를 각오한 얼굴로 말했다.

"죄송합니다."

"……?"

고개를 든 심인평이 멍한 눈으로 적기린을 쳐다봤다. 거세게 흔들리는 적기린의 눈동자. 그 홍채 안에 담긴 감정을 읽은 심인평의 얼굴이 얼음장처럼 굳었다.

"자네, 설마……?"

"제게도 가족이 있고 친지가 있습니다. 저 또한…… 그들을 지켜야 함을 이해해 주십시오."

덜컹 문이 열리며 누군가가 걸어 들어왔다. 술기운으로 인해 시야가 희끄무레했으나 심인평은 불청객의 정체를 대번에 파악했다.

"적기린, 어떻게 네가!"

쩌렁쩌렁한 일갈에 불청객이 눈살을 찌푸렸다.

그사이 심인평은 놀랄 만큼 빠른 동작으로 책상 아래를 더듬었다. 만약을 대비해 부착해 둔 권총이 손에 잡혔다.

APS의 내공 버전이라 할 수 있는 탄환. 이 역시 시제품 단계였으나 심인평으로선 지푸라기도 잡아야 할 입장이었다.

"무백!"

"오냐."

자신의 미간을 겨냥하는 총구를 보며 무백노사는 빙긋 웃었다.

"광병에 걸린 개새끼에겐 매가 약이지."

4

생각의 홍수가 심인평의 머릿속으로 들이쳤다.

적기린에 대한 배신감, 선수를 뺏겼다는 낭패감, 가족들에 대한 걱정과 죽음을 앞둔 공포까지.

생각들을 그냥 두었다간 머릿속이 터져 버릴 터였다.

결국 혼란에 처한 이들이 으레 그렇듯 심인평도 한 가지 생각으로 머릿속을 통일했다.

살의.

"무백!"

대화도 다른 행동도 필요 없었다. 심인평에게 희망이 하나 있다면 그가 철저한 약자라는 것이었다. 때문에 무백노사가 방심하고 있을 가능성이 매우 높았다.

평소의 무백노사라면 눈앞에서 발사된 탄환이라도 눈 감고 피할 것이다. 하지만 지금처럼 방심하고 있다면, 완벽한 승리를 앞두었다고 마음 놓고 있다면!

'죽일 수 있다!'

심인평은 방아쇠를 당겼다.

철컥.

공이가 허공을 때리는 소리만이 허망하게 울렸다. 부릅뜬 심인평의 눈자위에 실핏줄이 돋아났다. 무백노사는 앙천대소를 터뜨렸다.

"껄껄껄! 설마 그 장난감으로 이 늙은이의 숨통을 끊을 수 있으리라 생각했던가?"

"큭!"

심인평은 손을 흔들며 방아쇠를 당겼다. 공이는 여전히 빈 탄창 속에서 철컥거릴 뿐이었다.

분노한 그가 권총을 때리다시피 하여 탄창을 꺼내 보았다. 6발의 탄환이 꽂혀 있어야 할 약실은 텅 비어 있었다.

"……!"

"그런 장난감 따위가 노부를 해할 수 있을 리는 없지. 그래도 격의 차이라는 걸 네놈에게 보여주고 싶었다. 단순히 무력과 세력뿐 아니라, 지략에 있어서도 네놈은 노부의 발아래라는 현실을 말이야."

"적기린……!"

심인평의 충혈된 눈이 적기린에게 향했다. 20년 넘게 자신을 보필해 온 충신 중의 충신에게, 그런 자신을 배신하고 총안의 탄환을 비워놓은 변절자에게.

적기린은 옛 주인의 눈빛을 마주 보지 못했다.

"죄송합니다, 각하."

"네가, 네가 어떻게!"

"흘흘, 천하의 심인평이 이런 순정파일 줄은 꿈에도 몰랐군. 설마 그놈만큼은 배신하지 않으리라 철석같이 믿었던 것인가? 단순히 오래 알고 지냈다는 이유만으로? 자네에게도 은근히 순진한 면이 있었군."

"크윽!"

"이건 애초부터 이길 수 없는 싸움이었지. 어찌 감히 허수아비 주석 따위가 천무맹에 반기를 들려 한단 말인가?"

"……."

"적당히 주는 사료나 받아 처먹으며 꼬리나 흔들었으면 됐을 것을."

"나를 죽인다고 상황이 해소되진 않소."

심인평이 가라앉은 목소리로 말했다. 금세 안정을 되찾은 듯한 그의 음성에 무백노사는 실소를 머금었다.

"과연 정치꾼 짬밥은 된다는 거군. 그사이에 승산이 없다는 걸 깨닫고 흥정을 하는 것으로 전략을 수정했나?"

"노사에게도 손해가 되는 얘기는 아닐 것이오."

"우습군! 조금 전까진 동네 개새끼 부르듯 하더니 이젠 언제 그랬냐는 듯 노사라고 부르는구먼?"

"패배한 것은 패배한 것이니까. 당신 말이 옳소, 노사. 이 싸움은 내 완패요."

"그 대가가 꿀밤 몇 대에 잔소리 몇 마디일 거라 생각하진 않겠지?"

"지금까지 벌인 일에 대해 변명하진 않겠소. 다만 노사께서 자비를 베풀어준다면……."

심인평은 독하게 마음을 먹었다.

"적시운을 코앞까지 가져다 바치겠소."

지금은 어떻게 되었든 일단 살아남는 것이 우선이었다. 양심을 팔아 치우고 수많은 원망과 욕설, 저주를 듣게 된다 하더라도…… 일단은 살아남아야 했다. 목숨이 남아 있는 한 앙갚음도 재기도 얼마든지 할 수 있을 것이기에.

살아만 있다면.

"흐음."

무백노사가 비웃음 섞인 콧소리를 냈다. 심인평은 오장육

부가 뒤틀리는 기분이었으나 애써 감내했다.

힐끔 시선을 보내니 적기린이 고개를 끄덕였다. 다시 심인평을 돌아본 무백노사가 나직이 입을 열었다.

"한번 지껄여 보려무나. 어떻게 그놈을 노부 앞에 대령할 것인지."

심인평은 원래 계획을 털어놓았다. 그리고 그것을 살짝 수정한 새로운 계획안을 연이어 말했다.

사실상 사냥꾼과 사냥감이 뒤바뀌기만 한 것. 계획에 대해 모두 들은 무백노사는 빙글빙글 웃기만 했다.

"그렇게 나를 함정에 몰아넣을 생각이었군."

"……그렇소."

"놈과 내가 독대한다면 놈에게 승산이 있을 거라 봤단 말이지?"

"나는 궁지에 몰린 상황이었소. 꼼꼼하게 계산할 여력 따위는 없었지. 두 사람을 독대하게 한다는 건 그나마 가장 승산이 높아 보이는 계획안이었을 뿐, 반드시 성공할 거라 확신한 것은 아니오."

"평소보다 말이 많구먼."

"노사가 무섭기 때문이오."

"그렇게 낑낑대 봤자 콩고물이 떨어질 일은 없네만."

"적시운은 나를 어느 정도 신뢰하고 있소. 하지만 그는 원체 의심이 많은 체질이라, 내가 직접 연락하지 않는 이상은 나타나려 하지 않을 것이오."

"그러니 놈을 끌어내기 위해서라도 네놈이 살아 있어야 한다, 그것이렷다?"

"그렇소."

심인평은 최대한 평정을 유지한 채 말하려 노력했다. 그럼에도 목소리가 가늘게 떨리는 것은 어쩌지 못했다.

"많은 것을 요구하진 않겠소. 목숨만 살려주시오. 내 재산을 비롯한 모든 것을 앗아가도 좋소."

"호오."

"목숨만 살려주신다면 다시는 노사의 앞길을 가로막지 않을 것이오. 노사의 눈에 띄지 않는 시골 촌구석에 처박혀 숨죽인 채 살아가겠소."

"노부의 눈에 띄지 않겠다는 것은 곧 보이지 않는 데서 복수의 칼날을 갈겠다는 뜻이 아닌가?"

"결단코 그런 뜻이 아니오. 원하신다면 감시를 붙이셔도 좋소."

"뭐, 그렇게까지 할 필요는 없을 듯하군. 한데……."

무백노사가 빙그레 웃었다.

"모든 것이라 함은, 자네의 가족들도 포함된다는 얘기일 테지?"

"⋯⋯!"

심인평의 눈동자가 거세게 흔들렸다.

때마침 적기린의 PDA가 부르르 진동했다. 무백노사가 고개를 돌리지 않은 채 물었다.

"뭔가?"

"금강역사(金剛力士) 측에서 연락이 왔습니다."

"⋯⋯!"

심인평이 흠칫 몸을 떨었다. 앞서 적기린과 나눴던 대화가 뇌리를 스쳤다.

"무슨 얘기를 했던가?"

"가족들의 사진이나 영상을 보내달라고 요청했습니다. 전송된 파일의 용량으로 보건대 영상인 모양입니다."

"가족들의?"

"그렇습니다."

"자네도 꽤나 악취미로구먼."

심인평의 입이 덜덜 떨렸다. 위아래의 이들이 연신 부딪치며 딱딱거렸다.

"지금⋯⋯ 대체 무슨 얘기를 하고 있는 거지? 금강역사라니? 왜 그 이름이 튀어나오는 거냐, 적기린!"

"죄송합니다, 각하."

적기린이 씁쓸히 대꾸했다. 시커먼 불안감이 심인평의 정신을 나락으로 끌어당겼다.

금강역사는 제석천을 따르는 정예 전투원들을 뜻했다. 옛 소림의 대승금강심법(代僧金剛心法)을 익힌 무승들. 금강역사는 천무맹 내에서도 가장 강력한 외공을 보유한 전투원들이었다.

제석천은 그들을 써먹지도 못한 채 사망했다. 금강역사는 고스란히 무백노사의 휘하로 배치되었고, 노사는 그들에게 가짜 정보를 건네주었다. 심인평의 배신이 제석천의 죽음을 부채질했다는 정보를 말이다.

눈이 뒤집힌 금강역사들은 심인평의 가족들을 추격했다. 그리고 몇 분 전, 적기린에게 메시지를 하나 전송했다.

"금강역사에게서 연락이 왔다는 게 무슨 소리냐! 네놈, 대체 내 아내와 아이들에게 무슨 짓을 한 거야!"

"직접 보여주게나."

무백노사가 말했다. 내내 다소곳한 태도로 명령을 따르던 적기린이 처음으로 주저했다.

"보여주게나."

무백노사가 재차 명령했다. 적기린은 피가 나도록 입술을 깨물고는 동영상을 재생했다.

어딘지 모를 창고에 여인 한 명과 소년 둘이 결박되어 있었다. 지금쯤 비밀리에 수배한 항공기를 타고 스위스로 달아

낳어야 할 심인평의 가족들이었다.

창고의 전경은 낯설었으나 근처의 상자에 붙어 있는 문자는 분명한 한자였다.

"무슨 짓을 하려는 거냐!"

"하려는 게 아니라 이미 했네. 안 그런가, 적기린?"

"그렇…… 습니다."

"이익!"

심인평이 적기린의 멱살을 움켜쥐었다. 그러나 이내 무백노사의 허공섭물에 붙들려 뒤로 당겨졌다.

"이거 놔!"

"그럴 수야 없지. 똑똑히 보기나 하게."

봐선 안 될 모습이 나올 것이다. 심인평은 황급히 고개를 돌렸으나, 그의 목과 눈을 비롯한 모든 것이 허공섭물에 의해 고정되었다.

"크으윽!"

눈조차 감을 수 없으며 눈알을 굴리는 것조차 불가능하다. 심인평은 꼼짝없이 재생되는 영상을 바라보게 되었다.

화면 밖으로부터 거구의 장한이 나타났다. 금강역사 중 한 명이었다. 심인평의 아내에게 다가간 그가 그녀의 머리에 손을 얹었다. 그리고 그대로 움켜쥐었다.

"안 돼!"

두개골과 내용물이 함께 우그러지는 소리가 생생히 울렸다.

비명조차 지르지 못한 아내 대신 아들들이 울음을 터뜨렸다. 두 아들 또한 어머니의 뒤를 따랐다. 세 생명이 사라지는 데엔 5초도 걸리지 않았다.

"끄아아!"

심인평이 피눈물과 함께 괴성을 토했다. 흐뭇한 눈으로 이를 바라보던 무백노사가 그의 귓가에 입을 가져갔다.

"말했잖은가. 미친개에겐 매가 약이라고."

"죽여 버릴 테다, 무백!"

"아무래도 어려워 보이는군. 노부는 쓸데없는 후환을 남겨두는 어리석은 짓 따위는 하지 않거든."

"네놈……!"

"좋잖은가. 저승길도 적적하지 않고. 오순도순 잘 가게나."

무백노사의 손이 심인평의 머리에 얹혔다. 깨진 손톱이 이마를 파고들며 핏빛으로 물들었다.

"끄…… 으으으!"

"적시운 그놈도 곧 뒤를 따라가게 될 것이야. 지옥에서 느긋하게 기다리게나."

우드득!

두개골이 바스러진 심인평의 몸이 앞으로 허물어졌다. 생기가 빠져나가는 그의 눈을 보며 적기린은 마음속으로 사죄했다.

무백노사는 손을 털어 핏물을 떨쳤다.

"적시운에겐 자네가 연락하게나. 천무맹의 감시 때문에 사정이 생겼다는 식으로 얼버무리면 될 것이야."

"예, 노사."

"사실 놈이 눈치채더라도 별 상관은 없지만 말이지."

필리핀엔 헨리에타 일행이 남아 있다. 그리고 무백노사는 이미 그쪽으로 전력을 파견한 뒤였다.

"필리핀과 조선반도, 네놈 홀로 과연 두 곳에서의 전투를 감당할 수 있을까?"

무백노사는 이미 선을 넘어서기로 결심한 지 오래였다.

적시운이 세를 불리는 속도는 입이 쩍 벌어질 수준이었고, 백진율이 폐관을 마치기까지 느긋하게 기다릴 수도 없게 되었다. 후에 질타를 받더라도 그의 손으로 끝장을 내야 했다.

"반드시……!"

며칠 후 권창수가 적시운을 호출했다.

"중화당 측에서 연락이 왔습니다."

"심인평에게서요?"

"아뇨, 특이하게도 적기린이란 자에게서 연락이 왔습니다. 심인평의 심복이라던데……."

"뭐랍니까?"

"모든 준비가 완료되었고, 자신이 직접 적시운 님을 안내하겠다고 하더군요. 그리고…… 심인평 주석은 감시가 강해져 당분간 연락하기 힘들겠다고 했습니다."

"중국 내에 심어둔 첩자들에게선 별 연락이 없고요?"

"예, 아직까지는."

적시운은 턱을 괴었다. 지난 비밀 회담 이후로 심인평은 단 한 번도 공식석상에 모습을 드러내지 않았다. 물론 그리 오랜 시간이 흐른 게 아니니 충분히 그럴 수도 있기는 했다.

'하지만…….'

잠시 고민하던 적시운이 입을 열었다.

"일단 그자를 만나보죠."

제44장
한중전쟁

1

적기린이 취한 연락 수단은 일반 메신저였다. 군용 연락망 같은 비밀스러운 연락 체계를 생각했던 적시운은 살짝 맥이 풀렸다.

"이런 걸로 연락하면 도청당하지 않나?"

─오히려 이쪽이 안전하오. 저들의 허를 찌르는 셈이니.

낯선 목소리. 생각해 보니 적기린과 직접 대화하는 것은 이번이 처음이었다.

"설마 민간용 메신저로 음모를 추진하진 않을 거다, 그 건가?"

-그렇소.

"좋아, 하지만 당신의 신원을 믿을 수 없다는 문제가 남는데."

화면이 켜지며 영상 통화로 전환됐다. 대마도에서 보았던 정장 차림의 인물이 나타났다.

-이러면 되겠소?

"완벽하다고는 못 하겠지만 일단 넘어가지. 심인평 주석은 바쁘다고?"

-바쁘신 것도 바쁘신 거지만 천무맹 쪽 감시가 강화되어 움직이시기 어렵소. 때문에 내가 연락을 취하게 된 거고.

"좋아, 요점만 간략히."

-다시 한번 접촉했으면 하오. 이번엔 주석 대신 내가 갈 것이오.

"너무 간략한데."

-신버전 ASES 장치가 완성됐소.

"ASES?"

-Anti-Spirit Energy System. APS의 내공 버전이라 보면 될 거요.

"APS가 그런 것처럼 내공의 힘을 무력화한다고?"

-그렇소. 물론 임계치 이상의 힘까지 억제하지는 못하지만, 천무맹의 일반 무사들을 상대로는 충분히 효력을 발휘할

거요.

"그것을 네게 들려서 나한테 보내기로 결정했다고?"

-그렇소. 주석께서는…….

적기린이 잠시 뜸을 들였다.

-나를 그 누구보다 신뢰하시오.

"좋아, 접선 장소와 시간을 불러."

-그러지.

몇 가지 정보를 더 받은 후 적시운은 대화를 마쳤다. 기다렸다는 듯 천마가 입을 열었다.

[구린내가 풀풀 나는군. 놈의 눈동자가 떨리는 걸 자네도 보았겠지?]

"그렇더라도 가 봐야지. 어차피 이렇게 될 것 같기도 했고."

[흠.]

적시운은 데몬 오더의 수뇌부를 불러들였다. 수뇌부라 해봐야 차수정과 문수아, 백현준 정도였지만.

"전쟁이 시작될 거다."

대뜸 꺼낸 말에 백현준이 망치로 한 대 맞은 표정을 지었다. 반면 차수정과 문수아는 차분한 얼굴이었다.

"어…… 형님, 그러니까 그 말씀은, 천무맹 놈들이 쳐들어올 거라는 얘깁니까?"

"그래, 집권당 주석까지 물갈이했다면 전면전을 펼치는

데에도 거리낌이 없겠지."

문수아가 놀란 듯 눈을 깜빡였다.

"심인평 주석이 사망했을 거란 말이야?"

"확실하진 않지만 가능성은 높아."

대마도에서 심인평과 독대했을 때 어느 정도는 감을 잡았다.

수억의 인구를 자랑하는 국가 집권당의 수좌. 그런 이가 수행원 하나만 데리고서 숨어다니듯 나타났다는 게 의미하는 바는 뻔했다.

이미 실각했거나 그와 비슷한 상황이라는 뜻.

대역전의 한 방 같은 것은 심인평의 소망에 불과했다. 설령 그가 살아 있다고 하더라도 달라질 건 없었다. 어느 쪽이 되었든 전쟁은 선택이 아닌 필연이었으니까.

"적기린이라는 자에 대해 알고 있어?"

"심인평 주석의 오른팔이야. 꽤 오랫동안 그를 보필해 왔다고 알고 있어. A랭크 텔레포터이기도 하고."

적시운의 질문에 문수아가 대답했다.

"그 이상은 나도 잘 몰라. 중화당 쪽에 그런 사람이 있다더라는 정도만 알고 있을 뿐이야."

"그렇군. 알겠어."

적시운은 차수정과 백현준을 돌아봤다.

"차수정, 부산과 세부 쪽에 미리 연락을 넣어둬. 전쟁이 벌어질 거라고 하면 알아들을 거야. 백현준, 너는 가능성이 있어 보이는 녀석들 위주로 훈련을 지속하고. 문수아와 흑란대가 도와줄 거다."

"예, 선배."

"알겠습니다."

문수아 또한 고개를 끄덕였다. 엉성하게나마 준비를 마친 적시운은 나직이 심호흡을 했다.

"다음은 호랑이 아가리 속이로군."

접선 장소는 연평도. 과거 남북 분단과 맞물려 많은 아픔을 겪어야 했던 섬엔 이제 사람의 온기가 남아 있지 않았다.

적기린은 한발 앞서 도착하여 적시운을 기다리고 있었다.

"오셨군."

"그래, 건네겠다는 물건은?"

"이곳에는 없소. 쉽게 들고 다닐 만큼 가벼운 물건이 아닌지라. 대신 물건이 있는 장소로 당신을 안내하겠소."

"텔레포트로도 옮기지 못할 물건을 나한테 넘기겠다는 건가?"

"당신의 무공과 근력이라면 옮기는 데 무리가 없을 것이오."

"위치가 어딘데?"

"……청도(靑島)시. 이곳에서 그리 멀지 않은 곳이오. 한 번의 텔레포트로 도착할 수 있소."

적시운은 아무 대꾸도 없이 팔짱을 꼈다. 적기린의 눈동자에 희미한 불안감이 스쳤다.

"왜 그러시오?"

"아니, 그냥. 좀 궁금한 게 있어서."

"무엇이 말이오?"

"왜 네 얼굴에 땀이 흥건한지."

"……!"

적기린은 자기도 모르게 뺨을 쓰다듬었다. 희게 질린 손바닥이 흥건히 젖어 있었다.

"이건…… 긴장해서 그렇소. 아무래도 비밀리에 작전을 진행해야 하다 보니."

"그렇군. 이해해. 내가 네 입장이었어도 긴장으로 미칠 것 같았을 거야."

"이제 출발해도 되겠소?"

"몇 가지만 좀 물어본 다음."

"가서 얘기하면 안 되겠소?"

"비밀 작전이라며? 두런두런 떠들면서 진행할 순 없는 일이잖아?"

"……좋소. 물어보시오."

"무백노사는 어떤 인간이지?"

"교활하며 용의주도한 늙은이요. 일신의 무력 또한 천무맹 내에서 따를 자가 없소. 그를 압도하는 이는 천무맹주 백진율 정도일 것이오."

"백진율은 아직도 폐관 수련 중인가?"

"그렇소. 맹주는 어느 누구의 접근도 불허한 채 수련 중이오. 최측근들, 심지어는 무백노사조차도 방문하는 것이 불가능할 정도요."

"한데 심인평은 어쩔 생각이지? 설령 무백노사라는 늙은이를 처치한다 해도 폐관 수련을 마친 백진율의 복수가 뒤따를 텐데."

"맹주는 합리적인 인물이오. 주석께선 일단 노사를 처리한 후 맹주와의 대담을 통해 상황을 일단락 짓고자 했소."

"백진율이 수긍하기만 하면 나머지는 만사형통이다, 그거군. 그자와 내 대결이 어떻게 결판나든 간에 심인평은 살아남을 테니."

"아마도……."

적시운이 납득한 표정을 짓자 적기린이 채근했다.

"이제 출발해도 되겠소?"

"하나만 더."

적기린은 욕설이 튀어나오려는 것을 간신히 참았다.

"무엇이오?"

"그런 심인평을 왜 배신했지?"

적기린은 하마터면 비명을 지를 뻔했다.

"뭐…… 라고?"

"다 알고 있잖아. 내가 무슨 말을 하고 있는지."

적기린의 머릿속이 새하애졌다. 하지만 그는 필사적으로
정신을 다잡았다.

'놈은 지금 블러핑을 하고 있다. 날 떠보고 있는 것이다!'

심인평이 사망했다는 암시가 될 만한 행동은 한 기억이 없
었다. 적시운은 지금 물증 하나 없이 자신을 떠보고 있는 것
이 분명했다. 그렇다면 괜히 제 발 저려서 놈이 낌새를 채게
끔 만들어선 안 됐다.

적기린은 최대한 평정을 가장했다.

"재미없고 불쾌한 농지거리로군. 멀쩡히 살아 있는 분을
내가 왜 죽인단 말이오?"

"죽였다고 한 적 없는데? 배신했다고 했지."

"뭣……?"

자기도 모르게 반문을 뱉은 적기린이 크게 움찔했다. 그것

을 본 적시운의 눈빛이 차갑게 가라앉았다.

"직접적인 살해자는 무백이란 늙은이인 모양이군."

"큭……!"

적기린의 오른쪽 손목을 적시운이 덥석 붙잡았다. 당혹감으로 충혈된 눈빛과 싸늘하게 번뜩이는 눈빛이 허공에서 교차했다.

"이렇게 붙잡고 있으면 텔레포트를 하더라도 소용없겠지. 네가 이동하는 곳으로 나도 이동될 테니."

"이익!"

적기린은 몰아치는 상념의 홍수 속에서 이를 악물었다. 달아나야 했다.

'매복 장소로!'

그곳으로 이동한다면 놈을 해치울 수 있을 것이다. 매복자들은 천무맹 내에서도 최정예의 무사들. 게다가 그곳엔 팔부신중과 무백노사도 함께하고 있었다.

3차원 좌표를 설정하고 정신을 집중한다. 이동하려는 장소를 이미지화하고 체내의 에너지를 활성화한다. 이제 남은 일은 그곳으로 가는…….

우득!

적시운이 손아귀에 힘을 주었다. 흉측한 소리와 함께 적기린의 손목뼈가 바스러졌다.

"끄…… 아악!"

머릿속이 엉망진창으로 헝클어졌다. 고통은 단번에 집중을 깨뜨렸고 적기린의 모든 판단을 무용지물로 만들어버렸다.

"자, 잠깐! 내게는 가족들이……!"

"심인평에게도 있었겠지. 지금쯤 그들이 무사할까?"

"……!"

냉정하려 했으나 얼굴이 일그러지는 건 어쩌지 못했다. 자신의 표정이 적시운의 망막에 비치는 것을 보며 적기린은 절망했다.

"이런 빌어먹을!"

그의 손이 품속으로 향했다. 탄환이 잔뜩 실린 권총이 들려 나왔다. 심인평이 앞서 사용하려 했던 물건, ASES 탄환이 장전되어 있는 권총이었다. 그대로 미간을 조준해 갈기려 했으나 적시운이 보다 빨랐다.

간단한 금나수 한 번에 권총을 빼앗긴 적기린의 낯빛이 창백해졌다.

"이런 상황에 권총을 쏴 갈기려 했다는 건 믿을 구석이 있다는 뜻이겠지. 고맙게도 ASES인지 뭔지를 가져와 주셨군."

"크윽!"

"원수를 갚겠다느니 뭐라느니 할 정도의 의리는 없어. 하지만 원한을 풀어주는 정도라면 못할 것도 없겠지."

적기린은 붙들리지 않은 왼손으로 권격을 날렸다. 그러나 단련했다고는 해도 일반인보다 조금 나은 전투력. 적시운의 상대가 될 수준은 결코 아니었다.

적시운은 피하지 않았다. 적시운의 인중을 때린 적기린의 손가락이 모조리 부러졌다.

"크아악!"

적시운은 채찍을 후려치듯 적기린의 몸을 휘둘렀다. 자갈 바닥에 이마를 찧은 적기린의 얼굴이 피투성이가 되었다. 적시운은 무심하게 팔을 휘둘러 적기린을 패대기쳤다. 자갈밭이 삽시간에 핏빛으로 물들었다.

"자, 잠깐⋯⋯. 나를 살려준다면 무백의 계획에 대해 모두 실토하겠소."

"필요 없어. 그 교활하고 용의주도하다는 늙은이가 설마 너 같은 피라미에게 모든 걸 털어놓았으려고? 이미 한 번 배신까지 한 놈인데."

"⋯⋯!"

"전쟁은 이미 시작되었어. 내가 알아야 할 사실은 그걸로 충분해."

콰직!

적시운은 적기린의 머리를 그대로 짓밟았다. 바들바들 경련하던 적기린의 몸이 축 늘어졌다. 박살 난 적기린의 머리에서 무언가가 떨어져 나왔다. 가루가 되다시피 한 통신 장치였다.

[다음 행선지로 바삐 움직여야겠구먼.]

"그래."

짤막히 대꾸한 적시운이 곧장 신형을 날렸다.

"습격이 벌어지려는 모양이에요."

세부 시내의 호텔.

헨리에타와 그렉, 밀리아, 아티샤가 방 안에 앉아 있었다.

"시운 님한테서 연락 왔어?"

"네, 조금 전에요."

"그럼 자홍이한테도 연락해야 하는 것 아냐?"

"이미 해뒀어요. 오고 있는 길이래요."

"그렇담 다행이네."

밀리아가 두 다리를 쭉 펴며 말했다. 방 안은 갖가지 병기로 가득 차 있었다. 김성렬을 통해 한국에서 직접 공수해 온 일행의 무기였다.

방 안 외에도 세부 곳곳에 아지트를 두어 물자와 병기를 적재해 놓았다.

그들이 이곳에 남기로 결정했을 때부터 미리 준비해 놓은 것들이었다.

전투는 불가피한 것이었으니.

2

"시운 님은 뭐라셔? 이곳으로 오시겠대?"

"그게, 사실 차수정 님에게서 연락받은 거라……."

"아, 그래?"

"네, 어쨌든 세부시가 전장이 될 가능성은 매우 높대요."

"그렇겠지. 우리가 여기에 남아 뭘 하고 있는지도 속속들이 알고 있을 테니."

헨리에타의 말에 일행은 고개를 끄덕였다. 그때 창밖을 살피던 그렉이 입을 열었다.

"심자홍이 몇 시쯤에 외출했지?"

"글쎄요. 대충 점심시간쯤에……."

심자홍은 주작전의 무사들 중 세부에 남은 이들을 일일이 돌아다니며 설득하고 있었다. 대체로 헨리에타 일행 중 한두 명이 동행하는 식이었으나 오늘은 그녀 홀로 외출한 뒤였다.

"지금 몇 시지?"

일행의 시선이 벽걸이 시계로 향했다. 시침은 4에서 5를 향해 내려가고 있었다.

"심자홍이 이렇게까지 늦은 적이 있었나?"

없었다.

누가 먼저랄 것 없이 모두들 자리에서 일어났다.

"어디로 간다고 얘기했어?"

"배닐라드(Banilad) 1번가라고 했어요."

"나랑 아티샤가 갈게. 그렉하고 밀리아는 이곳에서 기다려."

"다 같이 가는 편이 낫지 않아?"

"최악의 상황이라면 한쪽이라도 살아남는 편이 나아."

이미 공격이 시작됐을지도 모른다.

헨리에타의 말뜻을 알아들은 밀리아는 고집을 피우지 않았다.

"알겠어. 자홍이 데리고 무사히 돌아와."

"그래야지."

무기를 챙긴 헨리에타와 아티샤가 밖으로 내달렸다. 밀리아는 애병인 대검을 무릎 위에 얹고서 창밖을 살폈다.

"네 육감으로는 아직 아무것도 느껴지지 않나?"

"그래, 평소와 다른 게 없어."

"이쪽은 무사하든지 네가 감지하지 못할 정도의 놈들이 왔든지, 둘 중의 하나겠군.”

“재수 없는 소리 좀 하지 마.”

밀리아는 작게 투덜거리며 창밖을 노려봤다. 세부시의 허공 위로 스멀스멀 먹구름이 몰려들고 있었다.

콰직!

머리통이 박살 나는 섬뜩한 소리와 함께 통신이 끊겼다.

대규모의 제어실 내부. 수많은 모니터와 기기들이 즐비한 그 한가운데에서 무백노사는 미간을 찌푸렸다.

“멍청한 놈. 표정 관리 하나 제대로 못 해서 이리 간단히 간파당한단 말이더냐?”

“차라리 잘된 일이지요. 살아 있어봤자 또다시 배신이나 했을 쓰레기입니다.”

좌측에서 들려오는 묵직한 음성. 무백노사는 예의 서늘한 미소를 머금었다.

“평소에도 그렇지만 오늘은 유난히 살기등등하구나, 마후라가.”

“……”

앙상한 외모의 사내였다. 낯빛은 창백하다 못해 푸르스름

했고 눈은 파충류의 그것과 같은 세로 동공을 지니고 있었다. 그가 바로 팔부신중 중에서도 가장 흉험하기로 이름난 사내, 뱀신 나가(Naga)들의 수좌라 불리는 마후라가였다.

"제석천의 복수 때문이더냐? 그게 아니면……."

"맹에 반하는 존재는 말살할 따름. 단지 그뿐입니다, 노사."

"흘흘. 뭐, 좋겠지. 나가들의 포진은 어찌 되었다더냐?"

"현재 비사얀(Visayan)해를 종단 중입니다. 조만간 세부 해안에 상륙할 수 있을 것입니다."

"좋다. 상륙한 후에는 현지에 있는 현무전 무사들의 지시를 따르게끔 일러두거라."

"……."

"왜, 불만이라도 있느냐?"

"아닙니다. 다만……."

"아닌 게 아니구먼. 지적할 점이 있다면 기탄없이 말하도록 해라."

"현무전주 황사룡은 격이 낮은 사내입니다."

무백노사는 그럴 줄 알았다는 듯 웃었다.

"놈에게 네 나가들의 지휘를 맡긴다는 게 못내 마뜩잖은 모양이로구나."

"엉터리로나마 지휘를 한다면 차라리 괜찮을 겁니다. 황사룡에겐 생각이란 게 없습니다. 따라서 지휘라 할 만한 것도 할 수 있을 리 없지요."

"그 점은 괘념치 마라. 노부가 직접 지시를 전달할 것이다. 황사룡이 아무리 무뇌라 하더라도 전달받은 지시조차 따르지 못할 정도는 아니다."

마후라가가 납득했다는 듯 고개를 숙였다.

무백노사는 시선을 돌렸다. 연결되어 있는 두 대의 모니터. 한쪽엔 세부시의 전도가, 다른 쪽엔 한반도의 전도가 표시되고 있었다.

"조선반도 쪽은…… 걱정하지 않아도 될 테지. 창궁검왕과 2명의 팔부신중이 출진했으니."

모니터 화면이 2개로 분할되었다. 각각 경기도 중부와 부산시를 가리키는 지도 화면이 나타났다.

"3곳에서 동시에 벌어지는 전투다. 과연 적시운 네놈이 감당할 수 있을지 궁금하구나."

신서울 행정부에 비상이 떨어졌다. 군사용 통신 위성이 대대적인 무리의 이동을 관측했던 것이다.

임시정부 대통령인 권창수가 비상회의를 소집했다. 김성렬과 김무원을 비롯한 요직의 인물들이 모조리 참석했고 부산의 임성욱 역시 모니터를 통해 참석했다.

"중국 인민군의 대대적인 이동이 포착됐습니다. 문의한 결과 블라디보스토크 방면에 나타난 마수의 사살 작전이라더군요."

"개소리요. 놈들은 단 한 번도 연해주 방면에 신경을 쓴 적이 없었소."

김성렬이 부득부득 이를 갈았다.

"이건 명백한 군사 도발이오. 어쩌면 그 이상의 무언가가 있을지도 모르지."

-김 장관님 말씀에 동의합니다.

임성욱이 운을 뗐다.

-우리 시의 개별 라인을 통해서도 정보가 들어왔습니다.

"개별 라인?"

-신북경에 심어놓은 정보망입니다, 김 장관님. 그들에 의하면 이상 징후가 포착되었다더군요.

"이상 징후?"

-중화당 주요 인사들의 공식 일정이 모조리 취소되었다고 합니다.

"중화당 주석 심인평은……."

-이미 며칠째 공식석상에 모습을 드러내지 않고 있지요. 이번 일과 무관하다고는 보기 힘들 겁니다.

"그렇다면 답은 명료해지는구려."

김성렬이 물고 있던 장초를 비벼 껐다.

"전쟁이오."

-예, 적시운 님도 습격을 대비하란 말을 남기셨습니다.

"그 친구는 지금 어디에 있소?"

-정확히는 모릅니다. 다만 본인을 필요로 하는 장소에 있으리란 것만은 확실합니다.

"그렇다면 우선은 세부일 거요."

내내 침묵을 고수하던 김무원이 입을 열었다. 자연스럽게 장내의 시선이 모조리 그에게로 집중되었다.

"서전은 그곳에서 벌어질 거요. 시작부터 주도권을 잡기 위해서라도 적시운은 그곳으로 향할 것이오."

"천무맹도 그쯤은 알고 있을 거요."

김성렬이 말을 받았다.

"그러니 동시다발적으로 공세를 펼치려 할 테지. 적시운이 아무리 강하다고 해도 결국은 한 명의 인간. 몸뚱이를 쪼갤 수도 없을 노릇이니."

"전술적으로는 우리가 꿀릴 게 없겠군요. 저들의 움직임을 어느 정도 예측하고 있으니 말입니다."

"하지만 전력적으로는 꿀릴 수밖에 없소, 권 의원. 수적으로도 질적으로도 열세이니 말이오."

―물론 그 차이를 좁히기 위해 모든 것을 해야겠지요.

임성욱이 기다렸다는 듯 말했다.

―동백 연합을 비롯해 부산시의 거의 모든 헌터의 협조를 약속받았습니다. 이 중 절반을 신서울로 특파하겠습니다.

"괜찮겠습니까? 부산시도 천무맹의 마수로부터 안전하지는 않을 텐데요."

―도시 전역을 전투요새화한 것은 이런 날을 위해서였습니다. 너무 걱정하지 마십시오.

권창수는 고개를 숙여 감사를 표했다.

그때 개별 회선을 통해 보고가 들어왔다.

―중화당 직통 라인으로 통신 요청이 들어왔습니다.

"……."

방 안에 침묵이 내려앉았다. 요인들끼리의 짤막한 시선 교환을 뒤로한 채 권창수가 말했다.

"연결하세요."

화면 전체를 차지하던 임성욱의 얼굴이 구석으로 밀렸다. 큼직한 화면 위로 검버섯 핀 노인의 얼굴이 나타났다.

"천무맹의 무백노사입니까?"

권창수의 정중한 어조에 노인은 픽 웃었다.

―그렇다.

자동으로 번역된 한국어가 흘러나왔다. 반대쪽 역시 같은

식일 터였다.

"천무맹이 중화당 전용 라인을 이용했다는 것은······."

—이제 와서 점잔 뺄 게 뭐가 있겠는가? 동이(東夷)의 아해야.

권창수를 제외한 모든 이의 얼굴에 적개심이 피어났다. 아마 무백노사는 일부러 이를 노렸을 것이다. 격한 분노를 이끌어 내는 한 단어를 통해 얻을 저열한 희열을.

"이곳은 조선이 아니라 대한민국이다."

김성렬이 노기를 애써 억누르며 말했다. 무백노사는 개의 치 않는다는 듯 콧방귀를 뀌었다.

—이름이야 뭐라 불리든 무슨 상관이겠느냐? 너희야 예나 지금이나 아우의 나라이거늘.

—짱개 새끼가 미쳐도 단단히 미친 모양이구나.

낯선 목소리가 스피커에서 흘러나왔다. 구석진 화면엔 어느새 임성욱 대신 반백의 노인이 얼굴을 들이밀고 있었다. 동백 연합의 창시자이자 전 수장, 임장규였다.

—네놈들의 너저분한 수작에는 이제 신물이 난다. 일부러 연락을 취해온 것도 우리를 엿 먹이려는 이유렷다?

—입이 제법 험한 애송이로군.

—이렇게 늙은 애송이 본 적 있느냐? 빌어먹기도 시원찮을 놈.

무백노사의 표정이 살짝 굳었다. 그래봐야 여전히 여유가 넘쳐 나는 편이었지만.

-뭐, 좋다. 노부 또한 미개한 네놈들과 오래 말을 섞고 싶진 않다.

　"심인평 주석과 중화당을 어떻게 한 겁니까?"

　권창수의 물음에 노사의 입꼬리가 살짝 올라갔다.

　-제 주제를 깨닫게 해주었지. 제 처지도 모르고 주인을 물려고 하는 미친개를 내버려 둘 수야 없지 않나?

　"집권당의 주석을 살해했다는 겁니까?"

　-무어 그리 놀란 척을 하느냐? 어차피 네놈들도 곧 뒤따라갈 터인데.

　무거운 침묵이 방 안에 내려앉았다. 무백노사는 느긋한 태도로 시선을 돌렸다.

　-한데 적시운 그놈이 보이지 않는군. 네놈들과 함께 있지 않은 모양이지? 그놈은 어디 숨었다더냐?

　-네놈 자식 멱따러 가고 있다. 땟국 흐르는 모가지 박박 씻고 기다려라.

　임장규가 저주를 퍼붓고도 분을 풀지 못해 씩씩거렸다. 다른 이들 역시 살기 어린 시선으로 무백노사를 노려봤다.

　-여기에 널려 있었군그래. 광병에 걸려서 주인을 못 알아보고 으르렁거리는 개새끼들이.

　"악을 보고 분노하는 의인들이 있을 따름입니다."

　권창수가 냉정을 잃지 않고서 말했다.

"당신 멋대로 시작한 이 싸움, 뜻대로 흘러가지는 않을 것입니다."

—……흥. 뚫린 아가리라고 잘도 나불대는군. 하기야 네놈 같은 정치꾼들의 특기가 그것 하나뿐이기는 하지.

냉소를 머금은 무백노사가 구렁이처럼 속삭였다.

—너희들 오랑캐 놈들이 주제도 모르고 나댈 때마다 가르침을 주었던 것이 바로 우리였지. 보아하니 다시 그래야 할 시간이 온 것 같구나.

"……!"

—이제 와 숨길 것 따위는 아무것도 없다. 천무맹은 조선반도를 토벌할 것이다. 나아가 너희 동이족에게 세상의 주인이 누구인지를 철저히 가르쳐 줄 것이다.

화면이 전환되고 검은 노이즈가 흘러나왔다. 무백노사 측에서 일방적으로 통신을 끊은 것이었다.

노기 가득한 숨소리만이 침묵 속에 들려왔다. 무거운 한숨을 토한 권창수가 중얼거렸다.

"이제는 정말 돌이킬 수 없게 되었군요."

3

전쟁 발발.

두 국가를 혼돈으로 몰고 갈 사건은, 그리 품격 있지 않은 방식으로 벌어지고 말았다.

"이게 선전포고란 말인가."

씁쓸히 중얼거리는 김무원. 김성렬은 조금 더 직접적으로 분노를 표출했다.

"동네 양아치들도 이따위로 굴지는 않을 거요."

―더 말해 무엇 하겠소? 예전부터 빌어먹을 것들이었고, 지금도 빌어먹을 것들이고, 앞으로도 빌어먹을 것들이오.

분기탱천하여 말을 쏟아내던 임장규가 잠시 후에야 헛기침을 했다.

―흠흠, 그리고 보니 자기소개가 늦었군.

"임장규 어르신이시지요. 익히 들어 알고 있습니다."

권창수가 최대한 예의 바른 어조로 임장규의 말을 잘랐다. 낭비할 시간이 없다는 의미. 그 속뜻을 깨달은 임장규가 고개를 끄덕였다.

―음, 그렇소.

"죄송합니다만 지금은 서둘러야 할 것 같습니다."

검은 안식일은 물리법칙부터 물질의 성질에 이르기까지 모든 것을 바꿔놓았다. 전쟁의 방식 또한 아마도 그 안에 포함되어 있을 거라 김성렬은 생각했다.

예전, 그러니까 21세기 이전이었다면 이런 식의 전쟁 선포는 있을 수 없었을 것이다. 거의 모든 국가가 서로를 상대로 교역하였고 그 의존도 또한 매우 높았다.

하나의 국가가 휘청거리면 주변국 역시 그 여파에 몸살을 앓았다. 전쟁은 어디까지나 최후의 수단이었으며 병력은 곧 전쟁 억지력으로서 작용했다.

지금은 아니었다. 마수들의 득세로 인해 인구의 반수 이상이 사망하였으며 국가의 역할은 축소되었다.

사람들은 나라가 아닌 도시를 중심으로 뭉쳤으며 발달된 과학 기술과 이온 에너지의 발견으로 인해 각 도시는 자급자족이 가능해졌다.

그와 더불어 국민의 주권 역시 약해졌다. 사람들은 마수를 상대로 하루하루 살아가는 것에만 신경 쓰지 그 이상의 것을 알고자 하지는 않았다.

결국 실권을 쥔 권력자의 힘만 강해졌을 뿐. 그 정점에 선천무맹은 아시아의 정치적 상황 따윈 무시한 채 전횡을 휘두르기 시작했다. 어처구니없는 무백노사의 선전포고는 그런 맥락에서밖에는 이해할 수 없는 일이었다.

"돌이킬 수 없다면 전력으로 뚫고 나가는 수밖에요."

"뭔가 계획이라도 있소, 권 의원?"

김성렬의 질문에 권창수가 고개를 끄덕였다.

"우선은 이 대화 내용부터 웹을 통해 살포할 생각입니다."

"대화 내용이라면 저 늙은이와의?"

"예, 녹화된 영상 전체를요. 한국 정부 공식 채널을 통해서 퍼뜨릴 겁니다. 진위를 확실히 하고 파급력도 최대화하기 위해서라도 말입니다."

"그게 효과가 있을 거라 생각하시오?"

"소수민족과 주변 약소국을 향한 중국의 탄압은 검은 안식일 이후로 격화되었습니다. 그에 대한 반발 심리는 중국 내외에 화약처럼 축적되어 있죠."

권창수의 어조가 한층 단단해졌다.

"거기에 맞는 기폭제만 주어진다면 터지기에 충분할 정도로 말입니다."

"으음."

아시아 정세에 대한 식견이 풍부하기에 나올 수 있는 자신감. 김성렬은 이토록 확신감에 차 있는 권창수를 본 적이 없었다. 적시운의 그늘에 가려진 애송이 의원이라 여겼던 사내는 그의 생각보다도 날카로운 송곳니를 지니고 있었다.

"물론 이건 일이 잘 풀릴 때의 얘기에 불과합니다. 어느 정도는 희망 사항이고요."

"우선은 발등에 떨어진 불부터 꺼야 할 때로군."

"무책임하게 들릴지도 모르겠지만, 병력 배치는 김 장관님께 일임하고 싶습니다."

"그 점은 걱정 마시오."

"길드 데몬 오더는 군과 별개의 독립적인 부대로 운용하고 싶습니다. 김무원 상임 고문께서 차수정 부길드장께 잘 전해 주십시오."

"그러리다."

"그리고……."

화면에는 어느새 임성욱이 돌아와 있었다.

"부산 측의 지원은 잠시 보류해 주십시오."

-뭔가 이유라도 있습니까?

"제 추측이 맞다면 부산 쪽에도 대규모의 병력이 투입될 겁니다."

황해는 수심이 얕은 데다 동해나 남해에 비해 해양 마수의 숫자가 적다. 조금 무리하는 정도로도 충분히 횡단하는 게 가능했다.

"남해는 해안선이 복잡하고 섬도 많은 편이니, 부산을 치려 한다면 목포 부근에 상륙하여 육로를 이용할 가능성도 큽니다. 여력이 된다면 그쪽을 예의주시하시길."

-알겠습니다.

조금은 달라진 시선들 속에서 권창수는 턱을 괴었다.

'할 수 있는 최선을 다해야 한다.'

병력의 열세는 완연한 것. 그렇다면 가지고 있는 모든 것을 최대한, 아니, 그 이상으로 활용해야만 했다.

'부디 기폭제가 먹히기를.'

"후우."

심자홍은 호흡을 죽인 채 고개를 내밀었다. 굵직한 콘크리트 기둥 너머의 거리엔 인적이 끊긴 뒤였다.

세부 시내, 배닐라드의 거리는 고요했다. 이곳이 비교적 번화가이며 지금이 주말임을 감안하면 무척이나 기이한 일이었다.

그리고 심자홍은 기이한 일 이면에 도사리는 진실을 꿰뚫어 볼 정도의 안목을 지니고 있었다. 사실 안목이라기보다는 경험이라 부르는 편이 어울릴 터였다. 희미하게 풍겨오는 느낌은 상당히 익숙했으니까.

"현무전…… 인가."

남의 주작, 북의 현무.

모티브가 되는 방향만 봐도 그렇고, 수좌의 성격만 봐도 그렇고 여러모로 물과 기름 같은 사이였다.

황사룡은 요화란을 혐오했고, 요화란은 황사룡을 경멸했다.

남자다움이 폭력과 단순 무식함에서 나오는 줄 아는 머저리. 여자를 그저 유린과 지배의 대상으로밖에 볼 줄 모르는 패악스러운 인간. 황사룡은 요화란이 가장 싫어하는 부류의 인간이었다.

물론 요화란 역시 욕먹을 구석은 많았다. 퇴폐적이며 요사스러운 그녀의 기질은 많은 적을 만들기에 충분했으니.

두 사람의 관계는 12강 내에서도 최악이었다. 자연히 휘하무사들의 관계도 악화일로를 걸을 수밖에 없었다.

어찌 보면 저들이 세부에 파견된 것은 지극히 당연한 수순이었다. 아마 황사룡도 그 졸병들도 춤이라도 추고 싶은 심정으로 임무를 받아들였으리라.

'놈들의 위치는⋯⋯?'

보아하니 세부 시내 곳곳에 퍼져 있는 모양. 아직 그녀의 기척을 감지하진 못한 듯했다.

심자홍은 머릿속에 시내 지도를 펼쳤다. 헨리에타 일행과 합류하기 위해선 남서쪽에 위치한 기념 공원을 통과해야 했다.

'좋아.'

그녀는 공원까지의 최단 루트를 머릿속에 그리고는 호흡을 낮췄다. 한데 그 순간 예기치 못한 상황이 벌어졌다.

쾅!

'폭발!'

심자홍은 고개를 돌렸다. 두 블록쯤 떨어진 빌라. 조금 전 그녀가 방문했던 집이 있는 곳이었다.

'이런!'

그녀는 자신이 간과했던 사실을 떠올렸다. 천무맹 측 데이터베이스에 주작전 무사들의 상세 정보가 기록되어 있다는 것을, 그 안엔 그녀들의 거주지 또한 포함되어 있다는 것을.

저들로선 심자홍이나 헨리에타 일행을 애써 찾아낼 필요가 없었다. 어차피 시간이 걸릴 일. 느긋하게 주작전의 잔당들을 족쳐 나가면 그만이었다.

"칫!"

심자홍은 피가 나도록 주먹을 쥔 채 고민했다. 이성적으로 따지자면 일행과 합류하는 게 우선이었으나, 그녀의 감정은 결국 발길을 돌리게 만들었다.

콰광!

재차 폭발이 터져 나왔다. 한 블록을 넘어가니 난장판이 나타났다.

불과 연기를 쏟아내는 깨진 창문을 배경으로 피투성이의 여자 홀로 고군분투하고 있었다.

연수합격 중인 무리는 황색 무복을 갖춰 입은 무사들. 열세에 놓인 여인은 심자홍의 동료였다.

"이쪽이다!"

일단은 냅다 소리를 내질렀다. 순간적으로 무사들의 시선이 분산됐다.

"흡!"

그다음은 돌파. 심자홍은 허리춤의 세검을 뽑아 들고서 자신이 펼칠 수 있는 최강의 절초를 펼쳤다.

쉬리릭!

복호난검(伏虎亂劍)의 살초가 전개됐다. 휘둘리는 검극을 따라 수십 다발의 검기가 사위를 유린했다.

"크악!"

"한 년이 더 있었나!"

방심한 상태에서의 완벽한 기습. 비교적 심자홍과 가까이에 있던 이들은 변변한 방어조차 하지 못한 채 난자당했다.

원거리에 자리했던 이들 역시 미친 듯이 몰아치는 검기를 피해 황급히 거리를 벌렸다.

"나유타! 일어설 수 있겠어?"

인도 혈통을 강하게 이어받은 외관의 여인이 눈물을 글썽였다.

"자홍……!"

"내 손을 잡아. 일단은 여기부터 벗어나자."

"내, 내가 네 제안을 거절했는데도 도와주려는 거야?"

"네가 내 입장이었어도 그랬을 거야."

갈색 피부의 여인, 나유타가 눈매를 훔치며 일어섰다. 그 사이 심자홍은 수차례 검격을 떨쳐서 주작전 무사들을 물러나게 만들었다.

"기념 공원 쪽으로 달려. 곧바로 뒤따라갈 테니."

"알겠어."

나유타가 신형을 날렸다. 심자홍 역시 그녀를 엄호하며 뒤를 따랐다. 혼란을 추스른 현무전 무사들이 추격을 시작했다.

"쫓아! 저년들이 가는 곳에 역도들이 있다!"

"결코 놓쳐선 안 된다! 근처 동지들에게도 연락해!"

"미친놈들."

무사들의 외침을 듣던 심자홍이 씹어뱉듯 중얼거렸다. 저들이 역도라 지칭하는 것은 헨리에타 일행일 터. 애초에 그들이 반역을 저지른 것도 아닌데 저렇게 지칭한다는 게 어처구니없었다.

아마 저런 표현의 기저엔 중화사상이 깊이 깔려 있을 것이었다. 중화는 세상의 중심이므로, 이에 대적하는 것은 곧 모반을 일으키는 것과 같다는……. 한때나마 저런 이들과 어깨를 나란히 했다는 사실이 역겨웠다.

"이 망할 년들!"

나유타의 전방으로부터 두 명의 무사가 치고 들어왔다. 연락을 받은 이들일 터. 더 꾸물거렸다간 몇 배의 인원이 몰려들 것이었다.

"하앗!"

심자홍이 앞으로 나서며 필사적으로 검편을 휘둘렀다. 악에 받치다시피 한 그녀의 공세에 습격자들도 기세를 잃고선 주춤거렸다.

"천축 계집을 노려!"

"부상을 입었으니 변변히 저항도 못 할 거다!"

무사들은 득달같이 나유타에게로 쇄도했다. 심자홍의 낯빛이 파랗게 질렸다.

"아……!"

"그렇게는 안 돼!"

콰드드득!

우르르 몰려들던 무사들이 스트라이크당한 볼링핀들처럼 휩쓸려 나갔다.

그들을 날려 버린 것은 송두리째 뽑힌 아름드리나무. 그걸 휘두른 것은 2m는 됨직한 거구의 흑인 여성이었다.

이번엔 심자홍이 눈물을 글썽였다.

"아티샤…… 씨!"

"겨우 찾았네요. 무사해서 다행이에요, 심자홍 님."

나무를 내던진 아티샤가 빙긋 웃었다.

쓸려 나갔던 무사들이 끙끙대며 일어났다. 그리고 경악했다.

"이런 미친……!"

"미친 건 너희지."

대물 저격총을 견착한 헨리에타가 싸늘히 대꾸했다. 각각의 탄환에 내공을 주입한 그녀가 지체 없이 방아쇠를 당겼다.

탕! 탕! 탕!

발사된 탄환들이 초음속의 궤적을 그리며 날아갔다. 일직선으로 날아들 거라 예상한 무사들이 전방에 내공을 집중했으나 탄환들은 거짓말처럼 휘어져 들어가 그들의 급소를 꿰뚫었다.

퍼퍼퍼퍽!

인간이 아닌 물질, 예컨대 전차나 기간틱 아머를 타격하기 위한 총인지라 대물(對物) 저격총이라 불린다.

그런 총에서 발사된 탄환에 내공까지 실렸으니 인간의 몸을 꿰뚫는 정도가 아니라 산산조각을 내는 것은 당연했다.

후두두둑!

떨어져 내리는 육편의 빗속에서 헨리에타는 무심히 총을 장전했다.

"정신 바짝 차려. 이대로 뚫고 나갈 거니까."

제45장
세부 시가전

1

"흠."

화사룡은 미간을 찌푸렸다. 그 앞에선 수하 한 명이 12인치 홀로그램 태블릿을 두 손으로 받치고 있었다.

"야, 그래서 이게 뭔 뜻이냐?"

"거기 파란 점 보이시지요?"

"엉, 여기저기 잔뜩 퍼져 있는 거."

"그게 우리 애들 위치입니다. 빨간 점은 주작전 계집들의 거주지고요."

"왜?"

"예?"

"왜 파란 점이냐고. 현무전 이름에 걸맞게 검은색으로 안 하고."

"그것이…… 배경이 검어서 검은색으로 하면 보이질 않는지라."

"아, 그러네. 근데 그럼 황색으로라도 해야 하는 것 아니냐? 청색은 청룡전의 상징인데."

수하는 마땅히 대답을 못 하고서 땀만 뻘뻘 흘렸다. 청색이 여러모로 편하다는 말은 용납되지 않을 터였다. 그런 융통성을 지닌 인간이었다면 애초부터 걸고넘어지지도 않았을 테니.

더불어 그딴 게 뭐가 중요하냐는 대꾸를 용납할 만큼 황사룡은 자애롭지 않았다. 그러니 할 말이 없을 수밖에.

"엉?"

"죄, 죄송합니다! 기술부 애들 족쳐서 황색 표시가 가능하게 바꾸겠습니다."

"뭐, 그럴 것까진 없고. 앞으로 잘 하라고."

황사룡이 돌연 호방하게 웃으며 수하의 어깨를 툭툭 쳤다. 물론 툭툭은 황사룡 입장에서의 얘기일 뿐이고, 수하는 견갑골이 쩍쩍 갈라지는 느낌이었다.

"미꾸라지들은 뭐 하고 있대냐?"

"나가 부대 말씀이십니까?"

"어, 걔들."

"조금 전에 다안반타얀(Daanbantayan) 해안에 상륙했습니다. 30분 내로 아군과 합류할 수 있을 거라 예상합니다."

"그게 어딘데?"

"세부 북부의 지명입니다."

"흠."

황사룡은 팔짱을 꼈다. 무언가 골똘히 생각하는 듯했으나 실상은 별생각이 없으리란 걸 수하들은 잘 알고 있었다.

"다 된 밥에 마후라가네 찌꺼기들이 숟가락 얹게 둘 수야 없지. 그 전에 주작전의 계집들을 싹 쓸어버린다. 알겠나?"

"예, 형제들에게 그리 전하겠습니다."

"자잘한 일은 네가 알아서 처리해. 나는 좀 쉬고 있을 테니."

"예, 주군."

황사룡은 3층 규모의 저택으로 걸음을 옮겼다. 원래대로라면 제법 값나갔을 저택은 곳곳에 금이 가고 창문들이 깨져 있었다.

문을 열고 들어서니 대기 중이던 무사들이 묵례를 했다.

"안쪽에 준비시켜 두었습니다, 주군."

"그래."

황사룡은 흡족한 얼굴로 방에 들어갔다.

덩그러니 놓여 있는 침대 옆으로 나신의 여인들이 벽에 결박되어 있었다. 생포당한 주작전의 무사들이었다. 옷가지는 거칠게 찢겨 간신히 어깨에 걸쳐져 있었고 새하얀 허벅지를 비롯한 나신엔 생채기가 가득했다.

"흥, 저항깨나 한 모양이로구나."

희미하게 눈을 뜬 여인들이 죽일 듯한 눈으로 황사룡을 노려봤다. 저주라도 퍼붓고 싶어 하는 눈치였으나 입에 물린 재갈 때문에 웅웅거리는 소리만 났다.

"그래, 그렇게 반항해야 정복하는 맛이 있지."

"……!"

"부디 오래 버텨주기 바란다. 금세 망가져 버리면 재미가 없거든."

차갑게 웃은 황사룡이 여인 중 하나를 벽에서 떼어냈다. 침대 위로 내동댕이쳐진 나신 위로 야수 같은 육체가 덮쳐들었다. 억눌린 비명과 신음이 방 밖으로 흘러나왔다.

"아티샤! 탄창!"

"여기요!"

아티샤가 등에 멘 큼직한 백팩에서 탄창을 꺼내 건넸다.

탄창을 꽂은 헨리에타가 질주하는 와중에도 방아쇠를 연신 당겼다.

탕! 탕! 탕!

총구를 떠나간 탄환이 사방으로 날았다. 얼핏 마구잡이로 날린 것 같았으나 탄환은 절묘하게 휘어들어 가 엄폐물 뒤의 무사들을 꿰뚫었다.

"마탄의 사수……!"

심자홍이 경이 속에 탄성을 뱉었다.

그에 반응이라도 하듯 현무전 무사들의 비명과 고함 소리가 터져 나왔다.

"빌어먹을 년!"

"크아악!"

"죽여 버릴 테다!"

목소리를 듣고 방향과 위치를 가늠한 헨리에타가 재차 방아쇠를 당겼다. 벼락같은 총성 뒤로 숨 막히는 고요가 찾아왔다.

"이쪽이에요!"

일행은 세부시 기념 공원 안으로 들어섰다. 거리와 마찬가지로 공원 또한 텅 비어 있었다.

"후우."

헨리에타는 걸음을 늦추고 숨을 몰아쉬었다. 한 발을 쏠

때마다 내공을 사용하다 보니 체력 소모가 심했다. 그래도 확실히 숨통을 끊은 적의 숫자만 두 자릿수라는 사실은 고무적이었다.

일행은 공원의 오솔길을 빠른 걸음으로 주파했다.

"현무전 무사는 몇 명 정도지?"

"주작전의 두 배 정도예요."

헨리에타의 질문에 심자홍이 대답했다.

"그럼 600명이 넘는단 말이야?"

"네, 황사룡은 그저 머릿수 많으면 장땡이라고 생각하는 인간이거든요."

"전형적인 두목 스타일인가 보네."

"네, 무식함과 호탕함의 차이를 모르고 목소리 크면 맞는 말인 줄 아는 작자예요."

심자홍의 어투에서 숨길 수 없는 적개심이 묻어났다. 그때 그녀의 부축을 받고 걷던 나유타가 휘청거렸다.

"제가 업을게요."

백팩을 앞으로 멘 아티샤가 나유타를 간단히 업어 들었다. 심자홍이 걱정스러운 눈으로 바라봤다.

"무리하시는 건 아니죠?"

"아티샤라면 괜찮아. 그보다……."

전방을 주시한 헨리에타가 눈매를 좁혔다.

"저거, 밀리아네 아냐?"

"네, 맞아요."

초인적인 안력을 지닌 아티샤가 대번에 대꾸했다. 과연 개미만 하던 실루엣이 금세 밀리아와 그렉의 모습으로 커졌다.

"여기 있었구나! 만나서 다행이야."

"어떻게 된 거야?"

"우리가 묵고 있는 호텔로도 놈들이 들이닥쳤어. 아무래도 민간인 많은 곳에서 싸우긴 그래서 창밖으로 빠져나왔지."

밀리아가 웃으며 대답했다. 그녀의 어깨에 들린 큼직한 봇짐 사이로 총구들이 비어져 나와 있었다.

"자, 그러면……."

그렉이 세부 시내가 샅샅이 기록된 전도를 펼쳐 보였다. 전도 곳곳엔 그렉이 직접 써놓은 듯한 메모가 가득했다.

"이걸 보며 세부 작전을 수립하지."

"이 낙서들은 다 뭐야?"

"내가 직접 다녀보며 기록한 내용들이다. 지리적 특성과 상기할 만한 특이 사항들을 적어두었다."

"그냥 앱으로 지도를 다운받으시면 될 텐데…… 아, 죄송해요."

결례가 될 법한 말이었기에 심자홍이 급히 사과했다. 그렉은 특유의 무표정한 얼굴로 설명했다.

"전자 지도만으로는 접할 수 없는 정보들도 있다. 무엇보다 필리핀은 온라인 앱이 발달한 편도 아니고."

"확실히 그건 그렇겠네요. 제가 생각이 짧았어요."

"흠."

"뭐가 됐든 얼른 작전을 정해. 아무래도 놈들이 여길 포위하려는 것 같으니까."

밀리아의 말에 헨리에타가 지도 위 공원을 가리켰다.

"이쪽 길로 빠져나가자. 막탄섬에 있는 국제공항을 목표로 달리는 거야."

"정공법이로군."

"응, 그러니까 더 예상하기 힘들 거야. 희망 사항에 가깝긴 해도."

어차피 다른 뾰족한 방법이 있는 것도 아니었다. 일행은 공원의 남동쪽으로 내달렸다.

출구에 다다랐을 때쯤 담장 밖에서 대기 중이던 현무전 무사들이 뛰어들어 왔다.

"빠져나가지 못한다!"

"빠져나갈 건데?"

아티샤에게 봇짐을 건넨 밀리아가 대검을 쥐고서 훌쩍 뛰었다. 오른발을 땅바닥에 박아 넣다시피 하여 균형을 잡은 그녀가 허리를 크게 뒤틀었다.

"하아앗!"

기합성과 함께 풀 스윙되는 대검. 경력을 잔뜩 실은 칼날을 따라 대지가 뜯겨 올라갔다.

휘이잉!

"크아악!"

"헉!"

검신을 따라 몰아치는 폭풍이 무사들을 덮쳤다. 수십 m를 휘말려 올라간 무사들이 자동차와 나무 위로 우수수 추락했다.

충돌음과 비명이 요란하게 울렸다. 홈런을 날린 거포 같은 포즈를 취한 밀리아가 씩 웃었다.

"잔챙이들뿐이야! 싹 해치우고 가도 되겠는데?"

"정예들이 곧 몰려올 거예요! 너무 시간을 끌어선 안 돼요."

"농담한 거야, 농담."

일행은 다시 내달렸다. 한동안 달리니 세부섬과 막탄섬을 잇는 오스메냐 다리가 나타났다. 그 앞에 쫙 깔려 있는 현무전의 무사들 역시.

"어떻게 해?"

힐끔 돌아보며 묻는 밀리아. 헨리에타는 저격총을 들어 올렸다.

"여기까지 왔는데 되돌아갈 수도 없잖아?"

"그건 그렇지!"

밀리아가 속도를 높여 내달렸다. 내공이 실린 저격탄이 그녀를 앞지르며 날아갔다.

퍼퍼퍼퍽!

근육질의 떡대들이 탄환을 몸으로 받았다. 내공이 실렸음에도 지금까지와 달리 단번에 터져 나가진 않았다.

총구를 내린 헨리에타가 혀를 찼다.

"아무래도 저것들이 탱커 역할인 모양인데?"

"외공을 집중적으로 연마한 귀갑역사(龜甲力士)들이에요. 어지간한 탱크나 기간틱 아머보다 튼튼한 몸을 가졌죠."

"귀갑?"

"거북이 등 말이에요."

"아."

나직이 탄성을 뱉은 헨리에타가 소리쳤다.

"들었지, 밀리아? 일단은 멈춰봐!"

"이것도 받아내나 보고!"

밀리아가 아래에서 위로 검을 휘둘렀다. 묵직한 검파(劍波)가 귀갑역사들을 향해 쇄도했다.

퍼퍼퍽!

공원에서 펼친 것보다 강한 위력. 하나 귀갑역사들은 뒤로 두어 걸음 물러나는 수준에 그쳤다. 그걸 보자마자 밀리아가 방향을 돌려 내달렸다.

"여긴 안 되겠어! 다른 길을 찾자!"

"북동쪽에 다리가 하나 더 있어요!"

일행은 그쪽을 향해 냅다 달렸다. 얼굴을 잔뜩 찌푸린 귀갑역사들이 뒤를 쫓았다.

"저것들, 스피드는 꽤나 떨어지는 모양인데?"

"방어와 내구력에만 올인한 특수 병종이니까요."

"생긴 대로 노는구나. 역시 거북이라는 걸까?"

북동쪽의 다리에는 기간틱 아머와 전차들이 배치되어 있었다.

일행을 발견한 전차의 포신들이 쇳소리를 내며 돌아갔다.

"흩어져!"

바람처럼 산개하는 일행.

뒤늦게 발포된 포탄들은 뒤쫓아 달리던 귀갑역사들에게 떨어졌다.

쿠쿠쿠쿵……!

폭염이 거리 위로 넘실거렸다. 산개했던 일행은 그 틈을 타 전차 사이로 내달렸다.

"안녕, 머저리들!"

다리 위로 기묘한 레이스가 펼쳐졌다. 헨리에타 일행을 필두로 귀갑역사들과 전차들이 줄지어 질주했다.

"끊어버려, 밀리아!"

다리를 넘어간 헨리에타가 소리쳤다. 밀리아가 기다렸다는 듯 뛰어오르며 내공을 끌어올렸다.

"흡!"

수십 톤의 경력이 그녀의 몸에 실렸다. 대검을 내뻗은 그녀의 몸이 미사일처럼 다리 위로 내리꽂혔다.

쾅!

인간을 초월한 힘은 첨단 기술로 시공된 교량마저 끊어놓았다. 단련된 무인이라면 뛰어넘을 수 있을 정도의 균열. 하나 전차와 기간틱 아머로선 불가능할 터였다.

"일단은 공항으로!"

일행이 재차 달리기 시작했다. 끊어진 다리 너머에서 전차들이 기수를 돌렸다.

"놈들을 포착했다고?"

"예, 현재 막탄국제공항으로 들어선 모양입니다."

"수비 병력, 배치 안 했냐?"

"귀갑역사와 기갑 부대를 배치해 두었습니다만, 돌파당한 모양입니다."

황사룡의 이마에 힘줄이 불끈 돋았다.

"왜 미리 말 안 했냐?"

"그것이…… 주군께서 바쁘신 중이라."

"이런 시발."

황사룡이 왼팔을 떨쳤다. 그의 팔에 걸치다시피 매달려 있던 여인이 힘없이 널브러졌다.

"내가 간다. 뜨는 비행기 있으면 격추시키라고 해."

"예, 주군."

침대에서 일어난 황사룡이 주섬주섬 옷을 입었다. 그의 발치에는 탈진 상태의 여자들이 죽은 듯이 쓰러져 있었다.

"멍청한 새끼들."

황사룡은 금이 간 거울을 보며 단추를 끼웠다.

"이런 것들을 데리고 내가 무슨 대의를 도모한다고……."

"……."

"그나저나 미꾸라지 새끼들은 뭐 하고 있대냐? 그 새끼들더러도 빨리 튀어오라고 전해! 네놈들도 얼른 준비하고!"

"예, 곧장 연락을 넣겠습니다."

황급히 대답한 수하가 도망치듯 방을 나갔다.

세부섬 북부.

마후라가 휘하의 나가 부대가 상륙하기로 예정된 지점.

해안은 핏빛으로 물들어 있었다.

2

천무맹에 복속을 맹세한 최초의 마수. 훗날 가루다라고 불리게 되는 셰이드 로드의 등장과 합류는 일대 혁명과도 같았다.

가루다는 자신의 코어 세포 샘플을 아낌없이 제공했다. 천무맹에 소속된 과학자들은 이 샘플을 연구해 마수에 대한 많은 지식을 습득했다.

또한 그 과정에서 계획이 하나 파생되었으니 연구원들은 이를 초인류 프로젝트라 명명했다.

골자는 간단했다. 마수의 체세포 조직을 인간에게 이식, 인위적으로 돌연변이를 일으키는 것이었다.

문자 그대로 초인을 만드는 계획. 성공만 한다면 이능력이나 무공과는 다른 새로운 힘을 손에 넣는 셈이었다.

물론 인도적 관점에서 보자면 문제가 많은 프로젝트였다.

필연적으로 갖가지 생체 실험이 자행되어야 했고, 결과물 또한 말이 좋아 초인이지 괴물에 가까울 가능성이 높았던 것이다.

하나 무백노사는 개의치 않았다.

"재미있겠구면. 무사들이나 이능력자와는 다른 초인 부대를 양성할 수 있다면, '그들'을 무너뜨리는 게 가능해질지도 모른다."

무백노사의 비호 아래 프로젝트는 강행되었다. 노사의 허가가 떨어지니 거칠 것이 없었다. 어차피 실험용 인체는 산 것이든 죽은 것이든 널려 있었고, 비용 또한 중화당의 비자금을 끌어다 쓰니 부족할 게 없었다.

초기에는 가루다의 샘플을 그대로 이식해 보았다. 그러나 세포를 이식받은 전원이 반나절을 견디지 못하고 사망했다. 가루다의 세포에 의해 본래의 체세포가 모조리 괴사했던 것이다.

2차적으로 인간의 DNA와 비슷한 구조를 지닌 마수들을 찾기로 했고 수차례의 실패 끝에 가까스로 적합한 마수를 찾아냈다.

오세아닉 서펀트(Oceanic Serpent). 오염된 해양에 서식하는, 물뱀을 기반으로 한 마수였다.

등급 자체는 높을 게 없었지만 유전자적 관점에서 보면 이

보다 적합한 마수가 없었다.

연구진은 곧장 임상 실험에 들어갔다. 수많은 목숨을 대가로 하여 이식 성공률이 차츰 나아지자 무백노사는 본격적인 초인 양성에 들어가기로 했다.

"노부가 너희에게 광영(光榮)을 선사하리라."

무공 진척이 더디고 느린 이들, 그중에서도 충성심이 높거나 책임져야 할 것이 많은 이가 실험 대상으로 선택됐다.

"성공만 한다면 너희와 네 가족들은 부족함 없이 살게 될 것이다. 노부가 약속하마."

성공한다면 좋은 일이요, 실패하더라도 리스크는 적었다. 하급 무사들이야 어차피 소모품에 불과했으니까.

성공, 가족, 혹은 다른 무언가.

갖가지 동기를 지닌 이들이 실험에 자원했다. 연구원들은 풍부한 인적 자원을 바탕으로 연구에 박차를 가했다.

인간과 마수의 융합. 기존의 상식을 벗어난 새로운 종족.

오세아닉 서펀트의 세포를 이식받고도 살아남은 이는 전체 피실험자의 2할에 불과했다.

그마저도 절반가량은 의식을 유지 못 한 채 폐인이 되어버렸다.

다시 말해, 1할만이 무사히 살아남았다는 뜻.

목숨을 밑천 삼아 그들은 힘을 얻었다.

단련된 무인마저 능가하는 근력, 물속에서도 호흡할 수 있는 능력, 오염 물질과 방사능에 대한 면역.

마수 오세아닉 서펜트가 지닌 특성이 인간의 세포와 뒤섞임으로써 극대화됐다.

그들은 승리자였다. 죽음과의 사투에서 살아남은, 선택받은 1할이었다.

무백노사는 승리자들에게 '나가(Naga)'라는 이름을 선사했다. 인도 신화 속 뱀의 신에게서 따온 이름이었다.

또한 그중에서도 으뜸인 실험체를 뽑아 우두머리로 삼았으니, 팔부신중의 일인인 마후라가의 탄생이었다.

나가 부대는 오랜 기간 공포의 상징으로 군림했다.

군데군데 비늘이 돋아 있는 창백한 피부, 두 갈래로 갈라진 혀와 파충류 특유의 세로 동공, 그리고 죽음에서 살아 돌아온 존재만이 풍길 수 있는 냉혈의 한기까지.

그들은 더 이상 약자가 아니었다. 여타 12강 휘하의 상급 무사도 그들 앞에선 숨을 죽이고 긴장했다. 한때는 그들 위에 있었던 일반 무사들은 감히 눈조차 마주치지 못했다.

나가 부대는 타인의 공포를 즐겼다. 그들은 목숨을 대가로 힘을 얻은 이들이었으니 이 정도 사치쯤은 당연하다고 생각했다. 힘을 위해 목숨조차 걸어보지 못한 이들과는 차원이 달랐던 것이다.

맹주와 무백노사를 제외하면 그 누구도 두렵지 않았다. 마후라가와 동급인 12강 역시 마찬가지. 그들 중에서 경계할 만한 세력은 남궁혁의 백호전과 제석천의 금강역사뿐이었다.

그마저도 경계일 뿐, 공포는 결코 아니었다. 그만큼이나 본인들의 힘에 자부심을 지녔으며 그 누구에게도 패하지 않으리라 자부해 온 나가들이었다.

지금까지는.

"커허어억!"

배를 꿰뚫린 나가가 검붉은 피를 왈칵 토했다. 부릅뜬 두 눈에는 공포와 절망만이 가득했다.

"괴, 괴물……!"

나가의 몸이 고꾸라졌다. 얼음장 같은 냉혈이 해안의 파도와 뒤섞여 피거품을 일으켰다.

"……."

적시운은 피 묻은 주먹을 허공에 털었다. 손끝을 떠나간 핏방울들은 액체의 탄환이 되어 다른 나가들에게로 날아갔다.

퍼퍼퍼퍽!

"크아악!"

"캬악!"

더 이상은 인간의 것이라 할 수 없는 괴성을 토하며 고꾸라지는 나가들.

적시운은 차가운 눈으로 그것들을 노려봤다.

"역시 마수가 아닌 인간이었어."

[저 몰골을 인간이라고 봐준다면 말일세.]

천마의 목소리에서도 숨기기 힘든 불쾌감이 드러났다.

[이 시대의 무림맹은 본좌 때의 무림맹보다도 추악하게 뒤틀려 있군.]

"괴물이 판치는 시대니까."

적기린을 제거한 다음, 적시운은 곧장 연평도를 떠나 세부로 향했다.

황해와 동중국해, 필리핀해를 거쳐 필리핀해협에 들어섰을 때쯤, 세부섬을 향해 대대적으로 이동 중인 무리를 포착했다. 그리고 조용히 뒤를 밟았다.

놈들은 세부섬 북부에 상륙했다. 인간과 같은 이족 보행을 하고 있으되 여러 면에서 차이가 있었는데, 창백한 피부와 곳곳에 돋아난 비늘은 그중 일부에 불과했다.

인간과 비슷하나 인간이 아닌 무언가. 놈들에게선 잔학한 살기가 풍겼다. 수많은 목숨을 앗아간 이만이 흘릴 수 있을 법한 독기와 광기 역시.

그런 놈들을 내버려 둘 이유는 없었다. 놈들의 배후가 무엇일지도 대강은 짐작이 되었고.

그래서 적시운은 선제 타격을 펼쳤다. 괜히 지체했다가 놈들이 육지 곳곳으로 퍼지면 귀찮아질 것이 뻔했기에.

그 결과가 이것. 피로 물든 해안엔 소수의 나가만이 공포에 질린 채 서 있었다.

[싸울 때의 움직임을 보고 나니 확실해지는군. 놈들의 움직임은 백사혈형공(白蛇血形功)에 기반을 두고 있네.]

"천무맹의 끄나풀이 맞다는 거지?"

[음.]

적시운은 남아 있는 나가들에게 시선을 고정했다. 적시운의 눈빛을 읽은 나가들이 흠칫 몸을 떨었다.

놈은 우리를 살려둘 생각이 추호도 없다.

"으, 으아아!"

"죽여 버린다!"

달아날 법도 하건만 나가들은 적시운을 향해 돌진하는 쪽을 택했다. 달아나 봐야 추격당해 사냥당하리라는 것을 본능적으로 인식한 까닭이었다.

번쩍!

백사장 위로 푸른빛의 섬전이 번뜩였다. 강기의 폭풍이 바다와 육지를 한데 휩쓸었다.

쾅!

거대한 폭음과 함께 흙과 모래가 수십 m를 솟구쳤다. 창백한 육편들이 튀어 오르고 반쯤 증발한 핏물의 안개가 사방으로 흩어졌다. 그 희미한 연기 사이로 적시운이 걸어 나왔다.

[오늘따라 손속에 더더욱 자비심이 없구면.]

"어찌 보면 저자들은 희생양이니까. 질질 끄는 것보단 단번에 숨통을 끊어주는 게 나을 거라 생각했어."

[흠, 그건 모르는 일일세. 저것들의 몸에 장난을 친 거야 무림맹의 어떤 놈팡이일 테지만 저놈들이 일방적인 희생자일지는 의문이구면.]

"어느 쪽이 되었든 살려둘 순 없는 거잖아?"

[그건 그렇지.]

적시운은 남쪽, 내륙 방향으로 시선을 돌렸다. 먹구름 낀 하늘 아래에서 진득한 살기들이 느껴졌다.

"서둘러야겠어."

"나가 부대로부터의 생체 신호가 끊어졌습니다."

갑작스러운 오퍼레이터의 보고에 무백노사의 표정이 굳었다.

"신호가 끊어지다니, 전원이 말이냐?"

"네…… 전원의 신호가 1분 전을 기점으로 소멸했습니다."

"······!"

다안반타얀 북부 해안에 상륙했다는 보고를 받은 게 불과 10분 전의 일이었다. 한데 그 후 10분 사이에 전원의 생체 신호가 끊어질 만한 일이 벌어졌단 말인가?

"기기 오작동이나 전파 오류가 생긴 것은 아니냐? 좀 더 확실히 확인해 보아라!"

"이미 수차례 확인해 봤습니다. 부대원 전원의 심장 박동이 정지한 게 확실합니다."

"······!"

무백노사는 오퍼레이터의 머리를 밀치고서 모니터를 확인했다. 나가 부대원 전원의 심장에 부착된 생체 신호 발생기가 모조리 오프(off) 상태였다. 전파 방해나 오작동 문제였다면 오프가 아닌 에러 표시가 떴을 터였다. 정말로 그들 전원이 사망했다는 뜻. 예전이라면 대재앙급 마수와 조우한 게 아닐지 의심이라도 했겠지만 지금은 아니었다.

"놈인가······!"

"제가 그곳으로 가겠습니다, 노사."

나직한 음성이 등 뒤에서 들려왔다. 무심한 것 같으면서도 진득한 살기를 품고 있는 목소리. 그 주인은 물론 마후라가였다.

마후라가의 동공은 평소의 배 이상으로 확대되어 있었다.

담대하기로는 짝을 찾기 힘든 무백노사조차 순간 주춤할
정도의 눈빛이었다.

"기다려라, 마후라가. 아직 놈의 행적임이 확인된 것은 아
니다."

"설령 그렇더라도 가 봐야겠습니다. 황사룡 혼자로는 불
안합니다, 노사."

"그럼 조금 기다려라. 간다르바라도 불러서 함께 가는 쪽
이 나을 것이다."

"제 형제들이 죽었습니다. 저는 지금 세부로 가야 합니다,
노사."

무백노사는 새삼스러운 눈으로 마후라가를 바라봤다.

인간임을 포기한 그가 이 정도의 격정을 보여준 적이 있었
던가?

혈관 안에 파충류의 냉혈이 흐르는 마후라가였으나 지금
만큼은 여느 인간들과 마찬가지로 극도의 분노와 충격을 느
끼고 있었다.

"좋다. 대기 중인 나가들을 모조리 이끌고 세부로 향해라.
노부가 추가 병력을 대동하고서 뒤따를 것이다."

"예, 노사."

마후라가가 스르륵 미끄러져선 방을 빠져나갔다.

무백노사는 다시 한번 모니터를 확인하고는 이를 악물

었다.

"적시운…… 네놈이 그렇게 나온다면……!"

같은 시각.

압록강 북쪽에 주둔 중이던 인민보위군, 속칭 중국군이 도하를 시작했다. 이를 포착한 대한민국 정부는 중국 정부에 항의하는 것을 포기, 모든 행위를 전시 도발로 받아들이고 대응에 들어갔다.

상해에서 대기하고 있던 수송선들 역시 항만을 떠났다.

1차적으로 제주도를 경유해 진도에 상륙하는 것이 당면 과제. 궁극적인 목적지는 부산시였다.

몇 분 후 최소한의 편집만이 가해진 회담 기록이 웹상에 퍼졌다. 영상으로 이루어진 기록의 대부분은 무백노사의 선전포고로 채워져 있었다.

중화당 측은 영상에 대한 어떠한 반응도 보이지 않았다. 어차피 힘으로 짓밟아버리고 나면 그깟 영상 따원 아무 의미도 없었다. 최소한 무백노사와 천무맹의 생각은 그러했다.

일촉즉발의 상황.

폭발을 향해 달려가는 도화선처럼 양국의 운명은 서로를

향해 치닫고 있었다.

3

"나가 놈들이 전멸했다고?"

막탄섬으로 향하는 리무진 안.

황사룡의 목소리엔 당혹감이 섞여 있었다. 비록 미꾸라지
라느니 괴물이라느니 하는 식으로 비하하고는 했지만 나가
들의 전투력에 대해선 잘 알고 있던 까닭이었다.

"예, 지휘소 측에서 확인해 주었으니 확실합니다."

"무슨 일이 벌어진 건데?"

"확실하지는 않지만 아마도……."

"아마도, 뭐?"

"0급 위험인물 적시운의 소행으로 보입니다."

"놈이 여기에 나타났단 말이지?"

불안감이 피부 위로 감도는 것도 잠시. 황사룡은 주먹을
불끈 쥐며 사나운 미소를 지었다.

"잘됐군. 상우천의 복수를 할 수 있겠어."

"지휘소에서 추가적으로 공문을 내려왔습니다. 지원 병력
을 파견했으니, 합류 전까진 적시운과 조우하지 말라는……."

"누가 이끄는데? 무백노사?"

"1차로 마후라가가 이끄는 병력이……."

"하! 제 수하들 간수도 못 하는 머저리 주제에 뭘 하겠다고!"

신경질적으로 코웃음을 친 황사룡이 말했다.

"괴상한 실험으로 태어난 괴물 놈의 힘 따위는 빌리지 않겠다. 놈이 나타난다면 내 폭뢰권으로 부숴 버릴 뿐!"

"하오나 주군……."

"무슨 말을 지껄이고 싶은 것이냐?"

반쯤 입을 벌린 수하가 움찔했다. 옳은 말인지 아닌지는 중요치 않았다. 무슨 말을 꺼내든 황사룡의 심기만 거스를 것임이 분명했다.

"주군의 말씀이 옳습니다. 제가 잠시 뭔가를 착각했었나 봅니다."

결국 체념하듯 대꾸했다. 다행히 황사룡은 차갑게 콧방귀만 뀌고는 전방으로 시선을 옮겼다.

막탄섬으로 이어지는 두 다리 중 하나, 마르셀로 페르낭 브릿지가 보였다. 그 앞에 도열해 있는 기갑 병력 역시.

"우선은 피라미들부터 처리해야겠지."

황사룡이 사납게 웃었다.

"부하들의 단말마를 듣게 될 놈의 표정이 궁금해지는군."

세부국제공항.

다리를 끊으면서까지 추격을 떨쳐 낸 헨리에타 일행은 활주로 위를 질주했다. 그렇게 규모가 큰 공항이 아님에도 격납고까지 도착하는 데엔 시간이 꽤 걸렸다.

"문이 잠겼어요!"

"부수면 되지!"

심자홍의 외침에 밀리아가 대검을 휘둘렀다. 강화 합금강으로 만들어진 철문이 쩍 갈라졌다.

"그런데…… 비행선 조종할 줄 아는 사람 있나?"

그렉의 질문에 일행의 발길이 멈췄다. 휙 고개를 돌린 밀리아가 말했다.

"네가 알잖아?"

"모른다."

"거짓말!"

"왜 거짓말이라고 생각하지?"

"그야…… 넌 잡다한 건 다 할 줄 아니까."

"중형 이상의 항공기는 조종할 줄 모른다. 경비행기라면 또 모르겠지만."

일행이 주변을 두리번거렸다. 아무리 규모가 작아도 일단은 국제공항인지라 경비행기 같은 것은 보이지 않았다. 있다 하더라도 금세 격추당할 게 뻔했고.

"그럼 어떡해?"

"조종사를 수배해야지."

일행의 시선이 격납고 바깥으로 향했다.

공항 터미널. 미처 대피하지 못한 최소 수백 명의 인파가 그곳에 있었다.

아티샤가 미간을 찡그렸다.

"자칫하면 저들까지 전투에 휘말리게 될지도 몰라요."

"이미 휘말린 거나 마찬가지야."

"하지만……."

"아티샤, 심정은 이해하지만 지금은 무슨 수를 써서라도 살아남아야 해."

헨리에타의 설득에 아티샤도 결국 마음을 굳혔다.

"세 사람은 이곳을 지켜. 나와 그렉이 승무원을 구해올 테니."

"갈 거면 같이 가! 또 그 거북이 놈들이 나타날 거야."

호랑이도 제 말 하면 온다고, 쿵쿵거리는 진동이 활주로로 부터 전해졌다. 멀리서 흙먼지를 풍기며 귀갑역사들이 뛰어오고 있었다.

"칫."

헨리에타는 그들의 미간을 조준했다. 소호신공의 내공을 탄환의 가속에 응용, 안 그래도 빠른 탄속을 한층 배가시켰다.

탕! 탕!

초음속의 탄환이 허공을 갈랐다. 대물 저격 소총에도 무리가 온 듯 총열이 시뻘겋게 달아올랐다.

퍼펑!

어깨로 탄환을 받아낸 귀갑역사들이 휘청거렸다. 미간을 정조준했는데 그 짧은 순간에 어찌 회피한 모양. 그래도 타격이 있었던 듯 속도가 느려졌다.

"달려!"

일행은 터미널 건물을 향해 달렸다. 그때 고막을 찢을 듯 날카로운 피리 소리가 들려왔다.

"포탄이에요!"

쾅!

3층 높이 건물의 외벽에서 폭발이 일어났다. 이어서 몇 발의 포탄이 터미널 위로 쏟아졌다.

콰과과광!

헨리에타 일행은 황급히 걸음을 멈췄다. 포탄이 날아온 방향으로 보건대 다리 앞을 지키던 전차들이 발포한 게 분명했다.

심자홍이 경악성을 터뜨렸다.

"미친놈들! 대체 뒷감당을 어떻게 하려고……!"

"그런 거 생각할 놈들이라면 시작하지도 않았겠지."

씹어뱉듯 중얼거리는 헨리에타.

불길에 휩싸인 건물로부터 사람들이 우르르 쏟아져 나왔다.

콰과광!

2차 포격은 격납고로 떨어졌다. 대략 20발 이상이 포탄이 무자비하게 쏟아져 내렸다. 그 숫자를 보아하니 증원 병력이라도 도착한 모양이었다.

이쯤 되면 사실상 필리핀을 상대로도 전쟁을 선포한 셈. 필리핀 정부의 허가 덕택에 천무맹의 군사 병기를 세부에 들일 수 있었을 텐데 제대로 뒤통수를 친 셈이었다.

"그만큼이나 우릴 죽이고 싶어 한다는 건데……."

헨리에타는 입술을 깨물었다. 천무맹의 증오와 광기에 황당함까지 느껴질 정도였다.

쿠구구구.

살인 예고처럼 들려오는 무한궤도의 기동음. 다른 다리로 우회해 들어온 전차 부대였다. 귀갑역사들도 서두르지 않고서 거리를 좁혀오고 있었다. 어차피 독 안에 든 쥐라고 생각하는 모양이었다.

헨리에타는 주변의 지형지물을 살폈다. 살아남기 위해선

뭐든 이용할 필요가 있었다.

'그런데⋯⋯.'

초토화된 격납고와 타오르는 공항 터미널, 그 외엔 뻥 뚫린 활주로뿐. 전술적 선택지라 할 만한 게 그리 많지 않은 상황이었다.

"일단은 터미널로 들어가자. 이곳은 개활지라 집중 공격을 받기 쉬워."

"또다시 장거리 포격이 떨어질 텐데?"

그렉이 곧장 반론을 펼쳤다. 헨리에타는 채 식지 않은 저격총을 들어 보였다.

"내가 막아볼게."

"⋯⋯알겠다."

일행은 터미널 안으로 들어갔다. 매캐한 연기와 채 빠져나오지 못한 이들의 비명이 그들을 맞았다.

민간인들을 총알받이로 이용하는 게 아닌가 하는 자괴감이 들었지만, 그것도 잠시뿐.

신경은 이쪽으로 달려오는 귀갑역사들에게로 쏠렸다.

"전부 3명이야. 그리 많지는 않네."

"처리할 수 있겠어, 밀리아?"

"한 명 정도는?"

"나머지 둘은 내가 맡겠다."

밀리아가 미간을 찡그렸다.

"그렉, 네가?"

"그래."

"괜히 허세 부리는 것 아냐?"

"아니다."

무뚝뚝하게 대꾸한 그렉이 걸어 나갔다.

밀리아가 뒤를 따르는 사이 헨리에타와 아티샤, 심자홍은 위층으로 향했다.

"이제 퇴로가 사라졌군요."

"어차피 비행선이나 항공기를 찾아서 탄다고 해도 빠져나가기 어려웠을 거야. 대공망 정도는 갖춰뒀을 테니까."

"그건 그렇네요."

심자홍이 고개를 끄덕였다. 헨리에타는 포격으로 인해 뻥 뚫린 천장 쪽으로 시선을 옮겼다.

3차 포격은 발사되지 않았다.

독 안에 든 쥐를 천천히 사냥하겠다는 걸까?

이유야 뭐가 됐든 헨리에타 일행으로선 나쁘지 않은 일이었다.

"그렇다면……."

헨리에타는 에스컬레이터 옆에 엎드린 채 아래쪽을 겨냥했다. 밀리아와 그렉이 1층의 체크인 구역 앞에 나란히 서 있었다.

와장창!

유리벽을 부수며 귀갑역사들이 걸어 들어왔다. 근골과 피육으로 이루어진 기간틱 아머 같은 느낌. 두 사람을 발견한 귀갑역사들의 눈빛이 살기로 번뜩였다.

"우리가 무척 그리웠나 봐? 엄청 뜨겁게 쳐다보네."

밀리아가 빙글빙글 웃으며 도발했다. 제대로 먹힌 듯 귀갑역사들의 머리가 귀뿌리까지 붉어졌다.

"지금!"

밀리아가 소리치며 짓쳐 들었다. 헨리에타는 이미 방아쇠를 당긴 뒤였다.

내공이 실린 마탄이 관자놀이를 노리고 날아들었다. 귀갑역사들이 덩치에 맞지 않은 스피드로 몸을 날렸지만 한 명이 관자놀이를 제대로 강타당했다.

"크……!"

강력한 외공을 익혔다고 해도 금강불괴가 아닌 이상은 한계가 있는 법. 뇌를 흔드는 일격에는 귀갑역사도 별수 없는지 크게 비틀거렸다.

탄환은 관자놀이를 살짝 파고든 상황. 재빨리 치고 들어간 그렉이 손가락을 곧추세운 채 망치처럼 휘둘렀다.

까앙!

손끝은 박혀 있는 탄환을 정확히 때렸다. 그리 많은 힘을 들인 건 아니었으나 타점이 집중되자 위력이 극대화됐다.

푸확!

쇠못처럼 파고든 탄환이 머릿속을 헤집었다. 귀갑역사는 콧구멍과 귓구멍으로 피를 뿜으며 고꾸라졌다. 그대로 절명한 것이다.

예상치 못한 한 방에 밀리아조차 깜짝 놀랐다.

"뭐야? 뭘 어떻게 한 거야?"

"이미 벌어진 틈새에 못질을 했을 뿐. 그리 대단한 건 아니다."

"나는 그렇게 못 할 것 같은데?"

"너에게 맞는 방식은 아니니까."

그게 무슨 소리냐고 물으려던 밀리아였으나 이내 관두었다. 나머지 두 귀갑역사가 악귀 같은 얼굴을 하면서 달려들었던 것이다.

네 사람이 어우러져 싸우기 시작했다.

헨리에타는 빈 탄창을 교체하고서 재차 저격에 들어가려 했다.

"위험해요!"

아티샤의 외침. 헨리에타도 거의 동시에 감을 잡았다. 유리벽 바깥까지 다가온 전차의 포신들이 그녀 쪽을 조준하고 있었다.

쾅!

유리창을 꿰뚫고 날아든 포탄이 에스컬레이터를 맞혔다. 폭발의 여파로 위층의 세 여인이 낙엽처럼 나가떨어졌다.

"큭……!"

헨리에타는 바닥을 짚고 일어났다. 시야는 희끄무레했고 벌레 소리 같은 이명이 고막을 때렸다.

다행히 감각은 금세 회복됐다. 자잘한 생채기 외에는 상처도 크게 나지 않은 듯했다.

"심자홍, 아티샤! 둘 다 괜찮아?"

"죽진 않은 것 같아요."

"저도……."

몇 걸음 떨어진 자리에서 그녀들이 끙끙거리며 일어났다.

"아!"

헨리에타를 돌아본 아티샤가 당혹스러운 탄성을 뱉었다.

"헨리에타 님, 총이……!"

헨리에타는 시선을 내렸다. 그녀의 저격 소총은 충격의 여파로 동강이 나 있었다.

"칫."

아쉽지만 어쩔 수 없었다. 소총을 내던진 헨리에타가 두 사람을 끌고서 급히 달렸다.

아슬아슬한 차이로 두 번째 포격이 위층을 때렸다.

두두두두!

육박전이 진행 중인 1층으로는 장검과 총화기로 무장한 현무전 무사들이 쏟아져 들어왔다.

"튀어!"

"알고 있다."

위험하다고 판단한 그렉과 밀리아가 곧장 뒤로 돌아 내뺐다.

같은 시각, 터미널 바깥에선 다리를 타고 넘어온 리무진이 전차 부대 사이로 미끄러졌다.

달칵.

문이 열리고 금색 무복을 갖춰 입은 사내가 내렸다. 자신감 속에 흉포함을 감춰놓은 듯한 미소가 사내의 입가에 어렸다.

"흥! 제법 고군분투하고 있나 보군."

"죄송합니다, 주군. 오시기 전에 처리하려 했는데…….."

현장 지휘를 하던 무사가 다가와 고개를 조아렸다.

금색 무복의 사내, 황사룡은 혀를 찼다.

"변명은 됐다! 저런 잔챙이들조차 제대로 처리 못 해 이 몸을 행차하게 만들다니. 아무래도 너희의 단련이 부족했던 모양이군."

단련을 빙자한 학대와 고문. 고개를 숙인 무사의 몸이 흠
칫 떨렸다.

"지금은 저것들을 처리하는 게 우선이니 참겠다. 하지만
상황이 정리되고 나면……."

황사룡의 목소리가 잦아들었다. 의아함을 느낀 무사가 슬
쩍 고개를 들어선 황사룡의 시선을 좇았다. 무사의 표정 또
한 이내 멍해졌다.

"어……?"

4

전차 위에 누군가가 앉아 있었다. 현무전의 무복도, 천무
맹 일반 병사의 군복 차림도 아니었다. 터미널 폭격 때 튀쳐
나온 민간인인가 싶었지만, 제정신 박힌 민간인이 태평하게
군용 전차 위에 올라타 있을 리는 없었다.

"네놈, 대체 뭐냐?"

황사룡의 목소리는 살기등등했다. 하나 평소와 달리 긴장
이 역력하다고, 곁에 있던 무사는 생각했다.

"뭐라는 거야? 빌어먹을 새끼가."

툭 내뱉는 듯한 대답.

황사룡의 눈썹이 꿈틀댔다. 한국어를 알고 있는 수하가 급히 통역 장치를 가동했다.

황사룡이 다시 입을 열었다.

"뭐 하는 놈이냐고 물었다."

"네가 물으면 내가 대답해 줘야 하나?"

"그래야 할 거다. 대답하지 않으면 혀를 뽑아버릴 거니까."

"네 혀를?"

잠시 멍해졌던 황사룡이 이내 맹수처럼 으르렁거렸다.

"죽고 싶어 환장한 놈이로군."

전차 위의 사내가 피식 웃었다.

"거울 보면서 그런 말을 하면 딱 어울릴 것 같은데."

"감히!"

부우욱!

황사룡의 신체가 순간적으로 부풀며 무복이 찢겨 나갔다. 빚어낸 것만 같은 구릿빛 근육이 연신 불끈거렸다.

"네놈이 바로 상우천의 원수렷다!"

"상우천?"

전차 위의 사내가 무언가를 골똘히 생각하다가 고개를 저었다.

"모르겠군. 내 손으로 족친 천무맹 개새끼가 한두 마리가 아니라서."

"적시운!"

"나도 꽤나 유명 인사가 되었나 보네. 너처럼 대놓고 멍청하게 생긴 놈까지 이름을 알 정도니."

"죽여 버릴 테다!"

비웃음을 머금던 적시운이 표정을 굳혔다.

"그럼 덤벼. 안 어울리게 입으로만 짖어대지 말고."

"……!"

"안 오면 내가 간다."

적시운의 오른손이 허공에 들렸다. 그리고 그대로 떨어져 내렸다.

쾅!

30톤에 달하는 중형 전차의 해치가 움푹 찌그러졌다. 앞서 다리를 끊어버린 밀리아의 강격마저 웃도는 경력. 가볍게 후렸을 뿐인데도 전차의 차체가 콘크리트 바닥에 반쯤 틀어박혔다.

"네놈……!"

적시운이 사라졌다.

"……!"

황사룡의 측면에서 살기가 폭사됐다.

당황한 황사룡은 독문무공인 폭뢰권의 절초인 복호철뢰(伏虎鐵雷)를 냅다 먹였다.

파앙!

허공을 찢어발기는 권격과 함께 터져 나오는 막대한 힘.
활주로가 부르르 떨릴 정도의 위력이었으나 맞혔다는 느낌
은 들지 않았다.

"이쪽인데."

목소리는 권격을 날린 반대편에서 들려왔다.

"큭!"

황사룡은 풍차처럼 상체를 회전시키며 권격을 떨쳤다. 다
행히 이번엔 적시운의 움직임을 좇을 수 있었다.

적시운도 주먹으로 맞섰다.

천랑섬권.

가장 기초적인 동시에 가장 자신 있는 권초였다.

번쩍!

섬전을 뒤로한 채 황사룡의 몸이 뒤편으로 튕겼다. 마침
세워져 있는 전차의 측면에 거의 틀어박히다시피 한 황사룡
이 침음을 흘렸다.

"크……!"

걸쭉한 침과 뒤섞여 흘러나오는 핏물.

"단 일격에……!"

제석천만큼은 아니어도 12강 내 수위에 드는 외공을 지닌
황사룡이었기에 충격은 매우 컸다. 분개한 황사룡이 전차를

밀쳐 내며 전방으로 돌진했다.

"네놈!"

적시운은 피하지 않고 서 있었다. 그가 조금 전의 공방에서 한 걸음도 밀려나지 않았다는 것을 황사룡은 잘 알았다.

하나 자신이 일개 동이족 나부랭이만 못하다는 현실을 인정하고 싶지가 않았다.

"쓰레기 같은 오랑캐 주제에!"

황사룡이 전심전력을 끌어냈다. 자잘한 가랑비로는 옷깃조차 젖게 할 수 없었다. 일격필살의 한 방으로 역전을 노리는 쪽이 승산이 있었다.

물론 황사룡이 그런 것을 계산했을 리는 없었고, 그저 죽이겠다는 일념만으로 온 힘을 끌어낸 것이었지만.

"죽어라!"

우득. 쩌저적!

구릿빛 근육을 타고 질주하던 경력이 폭주 단계에 접어들었다. 한도를 넘어선 경력이 육체마저 초월, 피부와 근육을 찢어발기며 날뛰기 시작했다.

푸확!

살갗을 찢고 나온 공력이 현무의 형상으로 화했다. 오른팔을 부수다시피 한 권강 두 줄기가 현무의 두 머리처럼 배배 꼬이며 쇄도했다.

폭뢰권 최강의 절초, 현왕살격파(玄武殺擊波).

시전자의 오른팔마저 부숴 버릴 정도의 강격이었고, 그렇기에 황사룡 본인도 실전에서 펼친 적은 거의 없었다.

'하지만 네놈을 죽일 수만 있다면!'

충혈된 두 눈이 광기로 번들거렸다. 근육이 찢기고 뼈가 부서져 나갔음에도 고통은 거의 느껴지지 않았다. 흥분과 함께 과다 분비된 엔돌핀으로 인해 감각은 이미 마비되어 버린 뒤였다.

오직 놈을 죽일 따름!

"크아아아!"

황사룡은 짐승의 비명을 토하며 쇄도했다.

그런 황사룡을 싸늘히 바라보던 적시운이 자세를 살짝 낮췄다.

[정면으로 받아줄 만큼 강맹하고 정직한 일격이로군.]

머릿속의 천마가 중얼거렸다.

[하지만 그러지 않을 생각이겠지, 자네는?]

'그래.'

적시운이 다시 웃었다. 앞선 것보다도 신랄한 냉소였다.

탓!

신형을 날린 적시운이 전차 뒤로 이동했다. 피하려는 속셈임을 깨달은 황사룡이 광소를 터뜨렸다.

"내 현왕살격파로부터 달아날 순 없다!"

단순히 한 번 부순다고 사라질 경력이 아니었다. 전차를 몇 대쯤 박살 낸 뒤에도 적시운을 죽일 정도의 힘은 남아 있을 터였다.

"그래서 너 같은 놈들이 좋아."

적시운이 나직이 대꾸했다. 동시에 황사룡은 좌우 양측에서 무언가가 쇄도해 온다는 것을 깨달았다. 순간적으로 그게 적시운의 동료들일 거라 생각했다. 하여 두 번 생각할 것 없이 현무의 두 머리를 휘둘렀다.

촤륵!

채찍처럼 휘둘러지는 강기의 다발. 족히 십수 명의 인간이 한순간에 갈가리 찢겨 나갔다.

하나 다음 순간.

"……!"

황사룡의 두 눈이 경악으로 물들었다. 찢겨 나가는 건 적시운의 동료가 아니라 현무전 무사들이었던 것이다.

"염동력……!"

잠시 뒤에야 무슨 일이 벌어졌는지 깨달았다. 놈이 염동력으로 수하들을 들어 날린 것일 터. 뒤늦게 놈이 A급 염동술사이기도 하다는 사실이 뇌리를 스쳤다.

"빌어먹을!"

허공섭물과 같은, 내공을 이용한 수법이었다면 속아 넘어 가지 않았을 것이다. 하나 적시운은 염동력을 택했다.

그리고 황사룡은 순수한 무인. 제석천과 마찬가지로 억제 장 발생 장치를 시술받았으니 염동력에 직접적으로 당할 일 은 없었다. 그래서 이능력을 감지하는 수단을 미처 준비해 두지 않았고, 이런 식의 방식엔 속수무책이었다.

게다가 잔뜩 흥분까지 한 탓에 달려드는 게 누군지조차 확 인하지 못했다. 결국 이런 식으로 허를 찔릴 수밖에 없었다.

"치졸한 짓거리를!"

"하지만 효과적이지."

적시운의 염동력이 활주로 바닥에 가해졌다. 콘크리트 바 닥이 솟구쳐 오르며 전차들을 황사룡이 있는 방향으로 뒤집 어 넘겼다.

"쳇!"

부수고자 하면 얼마든지 부술 수 있다. 하지만 그러는 것 은 주먹으로 제 턱을 후려치는 일이나 다름없었다.

황사룡은 이를 갈며 위쪽으로 솟구쳤다. 적시운은 이미 그 위치를 점하고 있었다.

부웅!

천랑섬권이 정수리를 향해 내리꽂혔다. 황사룡이 황급히 현왕살격파의 강기 다발을 휘둘렀으나 적시운이 좀 더 빨랐다.

쾅!

관자놀이를 강타당한 황사룡이 아래쪽으로 추락했다. 반쯤 뒤집혀 있는 전차들이 그곳에 있었다.

황사룡의 몸이 전차 위에 걸쳐졌다. 하필 강기에 둘러싸인 오른팔이 전차의 무한궤도 사이에 끼고 말았다.

콰드드득!

회전하는 무한궤도와 강기의 마찰로 인해 미칠 듯한 불꽃이 튀어 올랐다. 부서진 궤도 바퀴가 내장처럼 비어져 나왔다.

"이이익!"

황사룡은 미칠 것 같은 분노 속에서 상체를 일으켰다. 그러나 완전히 일어서기도 전에 적시운이 내려와 턱을 후렸다.

뻐억!

뒤집히는 세상, 누렇게 변하는 시야.

황사룡은 토할 것 같은 느낌 속에서도 가까스로 강기 다발을 제어했다.

현무의 두 대가리가 적시운을 깨물고자 날아들었다. 그러나 맨 처음에 비하면 상당히 약해져 있었다.

터틱!

적시운의 양팔이 각 머리를 움켜쥐었다. 강기의 반발로 인해 막대한 마찰열이 생겨났다.

"그대로 찢어발겨 주마!"

황사룡이 비릿한 웃음을 지으며 소리쳤으나 적시운의 양
손아귀는 예상외로 건재했다. 오히려 강기로 이루어진 현무
의 머리들이 고통스러운 듯 몸부림을 치기 시작했다.

"뭣……!"

"병신."

고개를 들어 올린 적시운이 지체 없이 내려찍었다. 졸지에
박치기를 당한 황사룡의 콧등이 처참히 주저앉았다.

"크……!"

적시운의 손아귀로부터 흑색의 수라강기가 흘러나와 현왕
살각파의 기운을 잠식했다. 지렁이처럼 꿈틀대던 두 강기 다
발이 걸레처럼 찢겨 나갔다.

현격한 힘의 차이.

황사룡의 얼굴에 뒤늦은 공포가 떠올랐다.

"이, 이런 말도 안 되는……!"

콰직!

두 번째 박치기가 꽂혔다. 황사룡의 안면이 반쯤 함몰되
었다.

"크…… 크커헉!"

적시운이 두 손을 깍지 끼고서 내려쳤다. 흉곽이 박살 나
는 섬뜩한 소리와 함께 황사룡의 몸이 전차를 파고들었다.

"크아아!"

신경호르몬으로도 미처 소거하지 못한 고통이 척추를 타고 흘렀다.

황사룡은 뇌가 타오르는 감각 속에서 여력을 쥐어짜 내 전차를 박찼다. 피투성이가 된 몸이 튕겨 나간 활주로 바닥을 굴렀다.

적시운이 한 걸음을 딛자 황사룡이 튀어 오르듯 몸을 일으켰다.

"제길, 제기랄! 빌어먹을─!"

황사룡의 몰골은 처참했다. 오른팔은 사실상 절단된 거나 다름없는 상태. 몸 곳곳에도 뼈가 훤히 드러난 상처가 여럿이었다. 콧대는 바스러졌고 한쪽 눈알은 튀어나오기 일보직전, 이는 대부분 부서져 나가 잇새로는 핏물이 철철 흘렀다.

전체적으로 함몰된 얼굴은 원래의 모양을 짐작하기 힘든 수준이었다. 아마 무백노사가 온다고 해도 황사룡임을 알아보지 못할 것이었다.

"이, 이이 괴물 새끼. 개 같은 오랑캐, 조선의 버러지 새끼가……!"

이 마당에도 표독스러운 욕설을 토할 수 있다는 게 존경스러울 지경.

적시운은 그 존경의 뜻을 두 손으로 표현하기로 했다.

팟!

적시운의 신형이 바람처럼 쇄도했다. 화들짝 놀란 황사룡이 유일하게 멀쩡한 왼팔을 뻗었으나 무기력한 허우적거림에 불과했다.

콰득!

적시운의 손길이 옆구리를 스쳤다. 갈빗대가 우르르 꺾여 나갔다.

"끄아⋯⋯!"

다음으로는 넓적다리에 주먹이 꽂혔다. 뚝 하는 소리와 함께 대퇴골이 바스러졌다.

"끄아아악!"

그대로 주저앉는 황사룡.

상체가 앞으로 고꾸라지려는 것을 적시운이 발로 후려갈겼다. 그 일격으로 복부의 내장이 송두리째 터져 나갔다.

"크, 크허, 크허허헉!"

핏물 섞인 게거품을 주르륵 쏟아내는 황사룡. 보통 사람이었다면 이미 쇼크로 죽었을 격통임에도 그의 정신은 멀쩡했다. 초인적인 단련 덕택이었지만, 이 경우엔 오히려 저주나 다름없었다.

적시운은 공격을 멈추었다. 더 이상의 공격은 놈의 명줄만 줄일 뿐이라고 판단한 것이다.

"숨통을 끊어주는 자비 따위를 네게 베풀 필요는 없겠지."

"주, 주겨……."

"싫어, 쓰레기 새끼야."

차갑게 웃으며 대꾸한 적시운이 황사룡의 귓가에 속삭였다.

"거기 누워서 죽는 순간까지 괴로워해라."

"……!"

적시운이 황사룡의 활혈(活血)을 짚었다. 평소라면 목숨을 연장시켜 주는 회복의 일수였을 테지만 지금은 죽음을 연기시키는 저주받을 점혈이었다.

"끄, 끄흐으으으!"

비명조차 제대로 지르지 못하는 황사룡을 내버려 둔 채, 적시운은 터미널로 걸음을 옮겼다.

5

터미널 안쪽에선 한창 전투가 진행 중이었다. 대체로 현무전 무사들이 몰아붙이고 헨리에타 일행은 달아나는 사이사이 반격을 하는 식이었다.

"몸빵들이 그쪽으로 간다! 조심해!"

밀리아의 외침을 뒤로한 채 귀갑역사들이 2층으로 올라섰

다. 박살 난 소총 대신 허벅지에서 권총을 뽑아 든 헨리에타
가 그대로 갈겼다.

깡!

내공을 약간만 실었는데도 두어 발 쏴 갈기니 공이가 부러
져 나갔다.

발사된 탄환이 미묘한 사각으로 날아들었다. 그러나 귀갑
역사들도 머저리는 아니었다. 양팔로 가장 치명적인 급소들
만 막은 채 그대로 돌진했고 권총탄의 화력만으로는 피부를
뚫지 못했다.

"빌어먹을 년! 같은 방식에 또 당할 것 같나!"

귀갑역사 하나가 광동어로 소리쳤다. 무슨 말인지는 못 알
아들었지만 좋은 뜻일 리는 없을 듯했다.

"뭔 소린진 몰라도 닥쳐 주면 고맙겠는데!"

헨리에타도 마주 소리치며 앞으로 달렸다. 막다른 길이라
더 달아날 장소도 없었기에 차라리 육박전을 택한 것이다.

스릉!

엉덩이 쪽 칼집에 꼽혀 있던 군용 단검이 뽑혀 나왔다. 헨
리에타는 최대한 자세를 낮추고서 귀갑역사를 향해 짓쳐 들
었다.

"도울게요!"

근처에 있던 심자홍이 배후에서 몸을 날렸다. 두 귀갑역사

가 등을 맞댄 채 여인들의 공격을 막아냈다.

쨍강!

팔뚝을 베고 들어간 헨리에타의 칼날이 도리어 부러져 나갔다. 심자홍의 검 역시 귀갑역사의 피부에 상처를 입히지 못했다.

"별것 없군!"

또다시 광둥어로 중얼거리는 귀갑역사. 그 순간 아래쪽에서 대꾸가 터져 나왔다.

"여기도 있는데!"

쾅!

2층 바닥이 부서지며 귀갑역사들이 추락했다. 바로 아래층에서 밀리아가 냅다 검격을 후려친 것이다.

"쳇!"

귀갑역사들이 혀를 찼다.

밀리아와 그렉이 그들에게 재차 덤벼들었다.

한숨 돌린 헨리에타는 유리창 밖을 돌아봤다. 그리고 조금 전부터 전차들의 포격이 멈췄다는 사실을 깨달았다. 그 이유 또한.

"아……!"

"왜 그러세요? 뭔가…….."

헨리에타의 시선을 좇아간 심자홍의 얼굴이 멍해졌다.

"저거, 설마……?"

"도착하신 모양이에요!"

조금 떨어진 위치에서 아티샤가 소리쳤다. 현무전 무사들을 상대하고 있는 그녀의 얼굴에 화색이 만연했다.

"시운 님이에요!"

쿠구구구궁!

거대한 여파가 터미널 전체를 뒤흔들었다. 진원지는 활주로 쪽. 피아를 막론하고 사람들의 시선이 바깥으로 향했다.

"뭐, 뭐야!"

"이럴 수가!"

현무전 무사들의 얼굴이 사색이 됐다. 거북이 등처럼 뒤집히는 30톤 무게의 중형 전차들, 치솟는 흙먼지 사이로 작렬하는 뇌전 같은 강기의 회오리. 그 사이로 바닥에 처박히는 황사룡의 모습이 언뜻 보였던 것이다.

"주군!"

귀갑역사 하나가 소리쳤다. 이번에도 무슨 뜻인지는 몰랐으나, 놈들이 바깥에 정신이 팔렸다는 것만은 분명했다.

"이거나 먹엇!"

쿵!

밀리아가 제대로 진각을 밟았다. 그녀의 발끝으로부터 거대한 균열이 생겨났다. 막대한 경력이 두 다리를 타고 올라 대검의 칼날까지 전해졌다.

"핫!"

그녀는 그렉처럼 무공 이해도가 높지도 않았고 헨리에타처럼 정순한 내공을 갈고닦지도 않았다. 하지만 단순하면서도 강력한 힘, 순수한 외공의 성취도에 있어선 일행 중 최고라 해도 과언이 아니었다.

거기에 버서커로서의 선천적인 근력과 베테랑 마수 사냥꾼으로서의 무기 숙련도가 더해졌다.

그 모든 요소가 더해진 일격.

천무맹의 상급 무사인 귀갑역사에게도 충분히 통할 정도의 위력이었다.

콱!

귀갑역사의 근육 사이에서 칼날이 멈칫한 것도 잠시뿐. 초인의 검격은 또 다른 초인의 육체를 그대로 양단했다.

부아아앙!

굉음과 함께 칼날을 뒤따른 강풍이 주변을 휩쓸었다. 잘려나간 귀갑역사의 상체는 그대로 날아가 콘크리트 기둥에 철퍽 부딪혔다.

"이, 이런 말도 안 되는……!"

"말 되는지 안 되는지 몸으로 느껴보시지!"

재차 검격을 날리려던 밀리아가 순간 주춤했다. 순간적으로 한계 이상의 힘을 발휘한 반동이 찾아온 것이다.

홀로 남은 귀갑역사는 빠르게 판단을 내렸다. 이대로 싸워 봤자 수적으로나 질적으로나 열세. 게다가 바깥 상황 역시 심상치 않았다.

어쩌면 황사룡이 당했을지도 모를 일. 그렇다면 더 이상 여기서 죽치고 있을 수 없었다. 설령 그가 무사하다 하더라 도 마찬가지였다.

'우선은 달아난다!'

빠르게 판단을 내린 귀갑역사가 텅 빈 공간으로 몸을 날렸 다. 그렉이 황급히 단도로 찔러 들었으나 귀갑역사의 몸엔 생채기 하나 입히지 못했다.

"흥!"

몇 번의 권격으로 그렉을 떨쳐 낸 귀갑역사가 허공을 박 찼다.

'일단은 후퇴하여 무백노사의 도착을 기다리는 게…….'

다음 수순을 떠올리던 귀갑역사가 순간 움찔했다. 경공을 펼친 그의 정면으로 섬전이 쇄도하고 있었던 것이다.

강기의 낙뢰는 귀갑역사의 정수리를 내려찍었다.

쾅!

터미널을 뒤흔드는 충격파가 터져 나왔다. 파리채에 얻어 맞은 날파리처럼 땅으로 내리꽂힌 귀갑역사는 머리부터 바닥에 틀어박혔다.

꿈틀. 꿈틀!

몇 차례 사지를 바르르 떨던 몸뚱이가 그대로 축 늘어졌다. 그대로 절명했음을 모두가 실감했다.

"으, 으아아!"

"달아나!"

통솔자를 잃은 현무전 무사들이 사방으로 튀기 시작했다. 그러나 전원 터미널을 벗어나지 못한 채 헨리에타 일행에게 사냥당했다.

그 후에야 숨을 돌린 헨리에타가 쓴웃음을 지었다.

"하여간 항상 아슬아슬하게 도착한다니까."

"날 찾는 곳이 좀 많아야지."

적시운이 두 손을 탁탁 털며 대꾸했다.

"막탄섬에 투입된 현무전 소속 병력이 전멸했습니다."

"현무전주 폭뢰권왕 황사룡의 심박 반응 역시 사라졌습니다."

"……."

연이은 비보에 무백노사의 미간이 일그러졌다.

"황사룡…… 그 머저리 같은 놈이 기어코!"

격전지는 막탄섬. 몇 분 전부터 필리핀 정부 측으로부터 긴급 회담 요청이 잇따라 날아들고 있었다. 그만으로도 대강 일이 어떻게 진행됐는지 무백노사는 알 것 같았다.

"필리핀 대통령으로부터 최후통첩이 통고되었습니다. 이번에도 묵살할 경우 전면전도 불사하겠다고 합니다."

"빌어먹을 남방의 잡것들이……!"

무백노사의 얼굴이 벌겋게 달아올랐다.

세부에서 발생한 대민 피해는 황사룡의 독단으로 인한 것. 그러나 무백노사의 의지도 별반 다르진 않았다. 어차피 이참에 필리핀까지 싹 청소할 생각이었으니 말이다.

하지만 쉽게 풀 수 있는 일을 구태여 어렵게 꼬아버릴 필요는 없었다. 지금은 일단 신중할 필요가 있기도 했고.

"노부가 직접 찾아가겠노라 전해라. 회담은 얼굴을 맞대고서 하는 게 좋겠다고 말이다."

"그렇게 전하겠습니다."

"마후라가는 어떻지?"

"數분 내로 세부섬에 상륙할 것으로 추정됩니다."

"황사룡의 사망 소식을 알리고 경거망동하지 말라고 전해라. 노부와 본대 병력이 도착할 때까지 결코 함부로 움직이지 말라고 말이다."

"그대로 전달하겠습니다."

명령을 마친 무백노사가 의자에 몸을 파묻었다.

천무맹의 초대형 전투 지휘선, 약사여래(藥師如來). 이는 본디 약사유리광여래라고도 불리는, 치료와 복락의 부처를 가리키는 이름이다.

그리고 무백노사는 그 이름이 지휘선의 성격과 무척이나 어울린다고 생각했다.

"미개하고 천박한 오랑캐들을 치료하는 가장 좋은 방법은, 그들의 육신과 혼을 순수한 불길로서 정화하는 일이지."

노사의 관점에서 보면 천마도 적시운도 인류를 좀먹는 악성종양에 지나지 않았다. 그러한 종양을 치료하는 것이야말로 인류를 위한 거룩한 선도. 이 위업을 수행하기 위해서라면 노사는 그 어떤 악명도 감수할 수 있었다.

"모든 것은 천무를 위하여……!"

지휘선 약사여래와 이를 따르는 50여 기의 비행선. 대규모 선단은 이제 필리핀 최북단의 루손섬에 다다랐다. 조금만 더 남하하면 마닐라가 나올 터. 그 아래로 몇 개의 섬을 지나치면 세부였다.

무백노사는 마닐라 근방에서 소형 비행선으로 갈아탔다. 그리고 그 길로 곧장 현 필리핀 대통령을 방문했다.

"노사! 귀하의 수하들이 벌이고 있는 패악무도한 악행들에 대해 설명하시오!"

직설적인 대통령의 항의 앞에서 무백노사는 잠시 침묵했다. 대통령의 이름을 떠올리려는 것이었으나 쉽지 않았다. 무척이나 혀 꼬부라지는 발음이란 것만 기억이 날 따름. 사실 이름 따위는 아무래도 좋았다.

"그간 우리가 얼마나 당신네 천무맹과 중국 정부에 협력해 왔는데, 어찌 이따위 개짓거리를 저지를 수 있단 말이오! 입이 있으면 한번 지껄여 보시오!"

"……."

대통령이라기보다는 시정잡배 같은 놈이었다. 배짱은 제법 두둑했지만 그뿐. 등 뒤로 우르르 세워놓은 이능력자들만 믿고서 허세를 부리는 얼간이에 불과했다.

무백노사는 마침내 대통령의 이름을 떠올리는 것을 포기했다. 어차피 이곳에서 해야 할 일은 짧고도 간결했고, 그 이후에 대해서나 고심해야 할 판국이었다.

"노구(老軀)를 혹사하는 것도 실로 오랜만이로군."

"뭐라고?"

픽!

황당하다는 태도로 대꾸하던 대통령의 머리가 비스듬히 미끄러졌다.

"어, 어……?"

멍하니 중얼거리는 목소리는 이내 꼬르륵거리는 소리로 바뀌었다. 잔소리를 재잘대던 입에서도 피거품이 꼬르륵 흘러나왔다.

무백노사는 피 묻은 새끼손톱의 끄트머리를 후 불었다.

"오랜만인지라 옛날 같지는 않구먼."

멍하니 있던 수행원들의 낯빛이 창백해졌다.

"가, 각하……!"

"끄…….."

덜컥 떨어진 대통령의 머리가 바닥을 굴렀다. 경악과 공포 속에서 이능력을 발하려는 수행원들을 보며 무백노사는 빙그레 웃었다.

"아무래도 몸을 좀 풀어야 할 것 같구나."

"그래서, 지금부터의 계획은 뭐야?"

"원래는 우리나라로 돌아가는 게 급선무라고 생각했지만……."

한차례 주변을 돌아본 적시운이 말했다.

"어쩌면 다른 선택지도 괜찮지 않을까 싶어."

"다른 선택지라면……?"

"불길로 뛰어드는 나방들을 일망타진하는 거지."

일행이 서로의 얼굴을 돌아봤다.

"뭔가 짚이는 거라도 있어?"

"이곳에 도착했을 때 웬 괴물 같은 놈들과 조우했어. 마수도 아니고 인간도 아닌, 돌연변이 같은 놈들이더군."

얘기를 듣던 심자홍이 흠칫 놀랐다.

"설마…… 백색 외피와 비늘을 지닌 자들이었나요?"

"정확해."

"마후라가가 이끄는 나가 부대예요. 유전자 조작의 산물로 천무맹 12강 휘하 병력 중 하나죠."

"그럴 것 같더라고. 어쨌든 놈들을 처리했으니 조만간 대장이 나타날 거야. 그리고 어쩌면……."

그 배후까지도.

적시운의 말뜻을 이해한 일행의 얼굴이 진지해졌다.

"잘하면 놈들에게 치명타를 먹일 수도 있다는 거네. 전쟁이 시작되자마자 말이야."

밀리아와 아티샤가 헨리에타의 말에 고개를 끄덕였다. 반면 심자홍은 부정적인 반응이었다.

"그렇지만 수적 열세가 너무 심각해요. 물론 당신의 힘은 일기당천, 아니, 만부부당이긴 하지만……."

"동원 가능한 추가 병력이라면 여기에 있잖아."

"네?"

적시운의 시선이 아티샤의 부축을 받고 있는 나유타에게로 향했다. 그 의미를 깨달은 심자홍이 탄성을 뱉었다.

"주작전의 자매들……!"

"없는 것보단 낫겠지. 게다가 걔들 생각도 지금쯤은 꽤나 바뀌었을 테고."

적시운이 담담히 말했다.

"걔들에게 복수의 기회를 선사하는 것도 나쁘진 않겠지."

6

막탄섬의 병력은 일부일 뿐. 황사룡이 끌고 온 현무전 무사들과 보병들은 세부섬 곳곳에 퍼져 있었다. 섬의 면적부터가 수십 배는 차이가 나는 만큼 남아 있는 병력 역시 보다 많았다.

"그래도 지휘관이 죽었으니 갈팡질팡하고 있을 거야. 그것도 길지는 않겠지만."

헨리에타의 말대로였다. 이동 중에 조우한 천무맹 병력들은 패닉 상태에 빠져 있었다. 황사룡으로부터의 연락이 갑자기 끊겨 버린 까닭이었다.

"너흰 섬을 돌아다니며 천무맹 놈들을 보이는 대로 족쳐."

"당신은?"

"이 녀석하고 따로 움직일 거야."

적시운은 심자홍을 대동하고서 주작전 무사들의 집을 찾아갔다. 그중 대부분은 이미 습격당한 뒤. 거주 중인 무사들은 어디론가 끌려가 버린 듯했다.

"개자식들……!"

심자홍이 분노 속에서 이를 갈았다. 적시운은 곧바로 헨리에타에게 통신을 넣었다.

"현무전 놈들이 포로들을 모아둔 장소가 있을 거야. 뭔가 알 것 같은 놈들이 있으면 죽이지 말고 정보를 캐내."

─알겠어.

통신을 마치자마자 다음 장소로 향했다. 다행히 아직 습격받지 않은 무사들도 있어 심자홍이 설득에 나섰다.

무사들은 대부분 마음을 돌린 뒤였다. 사태가 심상찮게 진행되고 있다는 것도, 천무맹 측이 자신들을 숙청하기로 결정했다는 것도 알고 있었던 까닭이다.

"하지만 우리…… 자매의 말을 믿지 않았었잖아요. 그래도 용서해 주시는 건가요?"

"물론이야. 우린 한 가족이나 마찬가지니까."

심자홍의 대답에 무사들의 얼굴에 안도의 기색이 스몄다.

그래도 아직은 불안감이 더 커 보였지만.

"가족들도 데려갈 수 있을까요? 엄마를 두고선 갈 수 없어요."

심자홍이 적시운을 돌아봤다. 적시운이 고개를 끄덕이자 그녀의 표정이 밝아졌다.

"전부 데리고 막탄섬으로 와. 시간이 많지 않으니까 서두르고. 아직 거리에 현무전 놈들이 남아 있으니 더더욱 주의하고."

"알겠어요."

대부분은 고개를 끄덕이고서 급히 움직였다. 하지만 이미 체념해 버린 여인들도 있었다.

"그곳으로 간다고 해서 뾰족한 수가 생길까요? 이미 섬 전체를 맹이 장악했는데⋯⋯."

"여기 남아 있다가 개죽음이나 당할 생각이야? 정신 차려!"

"하지만⋯⋯."

"내 말 잘 들어, 자매. 현무전 놈들을 끌고 들어온 폭뢰권왕 황사룡은 이미 죽었어. 아직 포기할 만큼 상황이 절망적인 건 아니야."

심자홍의 말에 어린 무사의 눈망울이 커졌다.

"황사룡이 죽었어요?"

"그래, 저분이 처치하셨어."

어린 무사의 시선이 적시운에게로 향했다.

"당신이…… 황사룡을 쓰러뜨렸다고요?"

"두개골 속까지 근육으로 꽉 찬 것처럼 생겨 먹은 머저리라면 하나 해치우긴 했지."

"우리, 살려주실 수 있으세요?"

"확답은 못 해. 너희가 어떻게 하느냐에 따라 달렸다."

무뚝뚝하게 대꾸한 적시운이 잠시 후에 덧붙였다.

"앞서 우릴 따라온 너희 자매들은 모두 안전하다. 그것만은 확실히 말할 수 있어."

"알겠어요."

결심을 굳힌 듯한 어린 무사가 급히 달려갔다. 그런 식으로 불러들인 주작전 무사의 숫자는 대략 30명쯤 되었다. 남아 있는 수에 비하면 많다고는 할 수 없었지만 그래도 유의미한 숫자임은 분명했다.

마지막 집까지 돌았을 때쯤 헨리에타 측에서 연락이 왔다.

─위치를 알아냈어. 세부 동물원 남쪽의 폐건물이래. 그곳에 살아남은 포로들을 모아둔 모양이야.

적시운의 위치에서 그리 떨어지지 않은 곳이었다. 사실 섬 최남단에 있다고 해도 적시운에겐 별 차이가 없긴 했지만.

"그쪽으로는 내가 갈 테니 너희는 계속해서 시내를 청소해."

–맡겨둬.

적시운은 심자홍을 옆구리에 끼고 내달렸다.

"......!"

놓아달라고 외치려던 심자홍이었으나 적시운의 스피드를
보고는 말을 삼켰다. 그러고는 떨어지지 않도록 적시운의 허
리를 꼭 껴안았다.

"떨어뜨리지 않으니까 그럴 필요 없어."

적시운이 나직이 말했다.

두 사람은 어느새 동물원을 앞에 두고 있었다. 폐건물을
찾아 헤맬 필요는 딱히 없었다. 동물원 근처부터 이미 현무
전 무사들이 쫙 깔려 있었던 것이다.

다만 기세등등함과는 거리가 멀었다. 명령받은 대로 폐건
물과 주변을 지키고 있을 뿐. 지휘부와의 연락이 끊어진 지
꽤 되었기에 면면마다 불안감이 느껴지고 있었다.

"속으로 열까지 세고서 따라와."

"네?"

적시운은 심자홍의 반문을 들은 체 만 체하고서 걸어갔다.

아무런 기운도 발하지 않고서 터덜터덜 걸어가니 무사들
은 긴장은커녕 황당한 얼굴로 바라보기만 했다.

"정지. 지금 이곳은......."

뭔가 말하려던 현무전 무사의 눈이 휘둥그레졌다. 앞서 지시 사항으로서 전달받은 '특급 위험인물'의 얼굴을 떠올렸던 까닭이다.

"긴급 상……!"

그게 무사의 유언이었다. 적시운의 신형이 스쳐 지나가자 몸에서 떨어져 나온 무사의 머리통이 하늘 높이 치솟았다. 나머지는 무슨 일이 벌어졌는지도 파악하지 못했다.

적시운이 폐건물 안으로 들어선 뒤에야 잘려 나간 머리가 땅에 떨어졌다.

"습격이다!"

"전원……!"

푸화아악!

바깥에 있던 무사들이 채 외침을 토하지 못하고 찢겨 나갔다. A랭크의 염동력이 체내의 혈류를 폭주시킨 결과였다.

'역시.'

일반 무사들은 제석천이나 황사룡과 달리 이능력 억제장치 시술을 받지 못한 모양. 결국 그 기술도 수뇌부의 소수에게만 국한되어 있는 모양이었다.

적시운은 생각을 이어가는 동시에 폐건물 안쪽을 살폈다. 중앙에는 두 자릿수의 여인이 구금되어 있었다. 철제 계단으로 이어진 위층엔 소총으로 무장한 병력이, 1층 곳곳에는 현무전 무사들이 있었다.

'게다가……'

우습게도 여인들 사이에도 현무전 무사가 위장한 채 숨어 있었다. 보통 상대에게라면 통했겠지만, 적시운으로선 헛웃음만 나올 일이었다.

[하여간 이것들, 잔머리 잘 굴리는 것은 예나 지금이나 다를 게 없구먼.]

천마가 혀를 차는 사이 적시운은 염동력을 발했다. 층계 위에 있던 소총수들이 삽시간에 숨통이 끊겨선 고꾸라졌다.

1층의 무사들은 여전히 어리둥절한 모습. 바깥에서의 외침이 제대로 들리지도 않은 듯했다.

팟!

적시운은 단숨에 여인들 사이로 이동하여 권격을 떨쳤다. 위장해 있던 현무전 무사는 무엇 하나 해보지 못하고서 머리가 터져 나갔다.

"뭣!"

"무슨……?"

당혹스러운 외마디 외침. 그 뒤로 단말마와 비명이 뒤를 이었다. 뒤따라온 심자홍이 건물 안에 들어설 때쯤엔 이미 상황이 끝난 뒤였다.

"심자홍 자매!"

"자홍 언니!"

구금되어 있던 여인들이 눈물을 터뜨렸다. 그녀들에게 다가간 심자홍이 여인들을 진정시켰다. 적시운이 힐끔 살피니 심각한 고문까진 받지 않은 모양이었다.

[하긴 고문할 여유도 없었을 걸세. 이 아해들을 데려오자마자 황사룡인지 황구인지가 뒈져 버렸을 테니.]

고개를 끄덕인 적시운이 심자홍에게 물었다.

"운전할 줄 알아?"

"네."

"오토 말고 수동도?"

"군용 트럭도 몰 줄 알아요."

"제법이네. 그럼 이 여자들 데리고 막탄섬으로 가도록 해. 근처에 현무전 놈들이 타고 온 트럭이 있으니 거기 실으면 될 거다."

"같이 가지 않으세요?"

"손님맞이부터 하고서. 아, 그리고 바로 출발하진 마. 다 태우고 10분 정도 기다린 다음에 출발해."

심자홍이 의아한 표정을 지었지만 꼬치꼬치 캐묻지는 않았다. 그럴 만큼 여유 있는 상황도 아니었고.

주작전 무사들과 심자홍이 트럭으로 향했다. 그사이 적시운은 폐건물 안을 뒤져 몇 가지 장치를 찾아냈다. 천무맹의 통신 기기였다.

"……."

미네르바를 꺼내어 통신 기기와 연결했다. 짧은 해킹이 끝
나자 3개의 기밀 채널이 나타났다.

현무, 나가, 황룡.

앞의 둘은 정체가 대강 짐작이 됐다. 나머지 하나도 그리
복잡하게 생각할 필요는 없을 듯했다.

[보아하니 황룡이 그 무백인지 뭔지 하는 애송이겠구먼.]

"아마 그렇겠지."

[그놈에게 따끔하게 한마디 해줄 생각이로구먼? 다시는 천마신
교 앞에서 나대지 말라고 말이야.]

"그것도 나쁘진 않지만, 지금은 아냐."

적시운은 나가 채널에 접속했다. 몇 개의 세부 링크가 나
타났다. 이번에는 선택하기가 더 간단했다. 맨 위에 떡하니
자리 잡은 이름이 마후라가였으니.

적시운은 마후라가의 링크에 접속했다.

"지금쯤 이곳으로 오고 있겠지? 네 천금 같은 부하들이 싹
뒈졌다는 것을 어지간해선 알고 있을 테니까."

짧은 기다림 끝에 거친 음성이 되돌아왔다.

-누구냐.

"적시운. 뱀 사냥꾼이다."

─…….

"세부 중부에 동물원이 하나 있지. 네 무덤으로 꽤나 어울리는 곳 같지 않아?"

대답은 없었다. 적시운은 조금 기다리다가 다시 말했다.

"무서우면 안 와도 되고."

대답을 기다릴 것 없이 통신을 끊었다.

적시운은 주변 거리의 현무전 무사들을 추가로 소탕한 다음 동물원으로 향했다. 그러고도 조금 뒤에야 심자홍이 탄 트럭이 출발했다.

[놈이 이곳으로 오리라 생각하나?]

"확신하진 않아. 오면 좋고, 아니면 말고."

마후라가가 나타나면 천무맹 12강을 추가로 해치울 수 있는 기회이니 좋다. 나타나지 않더라도 입맛이야 약간 쓰겠지만 손해 볼 것은 없었다.

최악의 경우, 이곳을 내버려 둔 채 막탄섬으로 향한다 하더라도 괜찮았다. 그 정도는 추격하여 따라잡을 자신이 있는 적시운이었기에.

그리 오래 기다릴 필요는 없었다. 마후라가는 이미 적시운이 통신을 넣기 한참 전에 출발했었던 것이다.

무백노사의 명령은 상륙한 후 대기하라는 것. 원래는 마후라가 역시 충실하게 따를 생각이었다.

"하지만 생각이 바뀌었다."

제법 먼 거리에서의 중얼거림. 그러나 초인적인 청력을 지닌 적시운은 어렵잖게 알아들었다.

"천무맹은 협과 의를 지향하는 정파의 적손(嫡孫). 도전을 받은 이상 비겁하게 숨거나 도망치진 않는다."

완만한 경사로를 따라 일련의 무리가 걸어 올라왔다. 목소리의 주인이 그 중심에 있는 사내라는 것쯤은 보지 않아도 알 수 있었다.

일련의 무리는 비슷비슷한 외관을 지니고 있었다. 창백한 피부 위로 돋아난 매끄러운 비늘, 파충류의 눈과 이빨, 온몸으로 냉기를 뿜는 듯한 분위기까지. 적시운에게 있어선 그리 낯선 모습은 아니었다.

"솔직히 좀 감탄했다."

적시운의 입을 열자 나가들이 걸음을 멈췄다. 중앙의 사내만이 계속 걸어갈 따름이었다.

"어떻게 그런 개소리를 양심의 가책 하나 없이 나불거릴 수 있는지 말이야."

"천무맹은 네가 아는 것보다도 훨씬 많은 이를 보호하고 구원해 주었다."

"그 안엔 너희들도 포함되어 있나?"

"그렇다. 약하고 비참한 우리들을 천무맹과 무백노사는

최강의 전사로 부활시켜 주었다."

"머리통까지 뱀 대가리로 교체됐나 보군. 아니면 원래 그렇게 멍청했던 거냐?"

"……보아하니 그 혓바닥이 만악의 근원인 듯하군."

칼날 같은 마후라가의 손톱 끝에 독액이 아롱졌다.

"네놈의 목을 베어 12강 전우들의 원한을 갚을 것이다."

"나는 네 목을 베더라도 딱히 뭘 할 생각은 없는데."

적시운이 냉소를 머금었다.

"뱀 대가리니까 일단 땅에는 묻어줄게."

7

무백노사는 피 웅덩이 위에 서 있었다. 피로 범벅이 되어 있었으나 상처는 없었다. 붉은 손끝을 혀로 핥은 노사는 그것이 대통령의 피임을 상기하고는 퉤 뱉었다.

피바다와 시체의 산. 한때는 대통령과 경호원들이었던 존재는 이제 갈가리 찢긴 살점 덩어리로 변한 뒤였다.

철벅.

두 개의 기척이 방 안으로 들어왔다. 노사는 고개를 돌리지 않은 채 물었다.

"무엇이냐?"

"팔부신중 마후라가로부터의 메시지입니다."

노사의 눈썹이 꿈틀댔다.

"명령을 받아먹은 아랫것이 뭔가를 나불댄다. 좋은 징조는 아니로구먼."

"……."

"말이나 하려무나. 마후라가 무슨 말을 전하라고 했지?"

"한 문장입니다. 죄송합니다…… 라고."

무백노사는 지그시 눈을 감았다가 떴다.

"망할 것들. 하여간 하나같이 늙은이 속을 썩이질 못해서 안달이야."

첨벙첨벙.

무백노사는 피 웅덩이를 발로 차며 걸어갔다. 메시지를 전달한 수하들이 뒤로 따라붙었다.

"창궁검왕에게 연락을 넣어라."

"예, 노사."

수하 한 명이 기기를 조작했다. 무백노사가 지휘선 약사여래에 도착했을 때, 함교 위의 모니터엔 남궁혁의 얼굴이 비치고 있었다.

ㅡ무슨 일인지요, 노사.

"조선반도 남쪽의 일은 어찌 진행되고 있나?"

-부산을 말씀하시는 거라면 현재 접근 중이라고밖엔 대답을 드리지 못하겠습니다.

"얼마나 걸리겠는가?"

-그것은 확답을 드릴 수 없는 질문입니다. 자신이 없는 것은 아니나 적들의 전력을 업신여길 수도 없기에.

"겸양은 집어치우게. 제석천이 죽은 지금, 12강 최강자인 자네가 겸손이나 떨고 있을 수는 없잖은가."

말에 뼈가 담겨 있다. 무백노사는 침착한 듯한 남궁혁의 눈빛이 희미하게 흔들렸음을 놓치지 않았다.

그 또한 호승심 강한 무인. 조금 전의 말을 반박하고 싶었을 게 분명하다. 제석천이 살아 있을 적에도 12강 중 제일은 자신이었노라고 말이다.

-무슨 일이 생겼습니까?

"그쪽 일을 최대한 빨리 끝내고 필리핀으로 올 수 있겠는가?"

-무슨 일이 생겼습니까?

같은 질문을 반복하는 남궁혁. 무백노사는 그의 인내심을 그만 시험하기로 했다.

"자네 의제가 전사했네."

-……!

남궁혁의 눈빛이 거세게 흔들렸다.

─사룡이……?

"적시운에게 당했네. 신원을 확인할 수 없을 정도로 시체가 훼손되었네. 이미 무력화된 황사룡을 죽기 전까지 고문한 모양이야."

거짓말이었다. 아직 황사룡의 시체는 확인하지도 못했으니.

하지만 상관없었다. 중요한 건 진실이 아니었으니까.

남궁혁은 아무 대꾸도 하지 않았다. 하나 무백노사는 그의 전신에 살의와 광기가 넘실거리고 있음을 알 수 있었다.

─지금 필리핀으로 가겠습니다.

"그쪽 일부터 해결하게나. 그 후에 오더라도 늦지는 않네."

─부산은 각나찰과 창야차에게 맡기겠습니다. 그 둘과 백호대라면 능히 초토화할 수 있을 겁니다.

"조금 전에는 확답할 수 없다고 하지 않았던가?"

─…….

"미안하군. 조금 전에는 노부가 실언을 했어."

─괜찮습니다. 세부에서 뵙도록 하지요.

남궁혁이 통신을 끝냈다. 무백노사는 꺼진 모니터의 흑색 화면을 보며 웃었다. 다른 12강이 상대였다면 형식적으로라도 결코 사과하지 않았을 터. 하나 그 대상이 남궁혁이라면 애기가 달랐다. 백호전주, 창궁검왕이라고도 불리는 그는 그럴 만한 가치가 있는 사내였다.

동시에 무백노사는 분노를 느꼈다. 자신이 이렇게까지 묘수를 짜내야 할 만큼 핀치에 몰렸다는 사실에.

"적시운……!"

3개의 공격 루트를 통한 한반도 공략은 철두철미했다. 아직 본격적인 공격에 들어가지만 않았을 뿐, 천무맹의 병력이 국경선을 넘는 순간부터 멸망을 향한 카운트다운이 시작될 것이었다.

한데 첫 단추를 이상하게 끼우고 말았다. 어디까지나 서전의 의미밖에 갖지 않는 세부 시가전에서 필요 이상의 출혈을 겪었다.

"아직은 괜찮다. 아직은…….."

무백노사는 연신 그렇게 뇌까렸다. 천무맹 12강의 소실은 분명 작지 않은 타격이었으나 대세를 뒤집을 정도라고 보기는 어려웠다.

그런 관점에서 보자면 마후라가의 독단적인 행동도 큰 실책이라고 할 수만은 없었다. 그의 목숨을 바쳐서라도 적시운을 세부에 묶어놓을 수만 있다면 나머지 지역에서 피해를 충분히 만회할 수 있었다.

"그렇다. 세부의 빚을 다른 곳에서 백배, 천배로 갚아주면 되는 것이다.”

게다가 마후라가가 적시운을 죽일 가능성도 아주 없지는
않았다. 희박하기야 하겠지만.

마후라가 역시 무백노사와 어느 정도 생각이 일치했다.

상대는 단신으로 천무맹 12강의 반수 이상을 사멸시킨 자.
자기 홀로 감당해 낼 거라고 자신할 순 없었다.

‘하지만……!’

좌아아악!

허공으로 치솟은 검붉은 핏물이 마후라가의 망막을 적셨
다. 흔들리는 초점이 검은 불꽃의 끄트머리를 어렵사리 뒤쫓
았다.

그 불꽃 속에서 권장지각의 폭풍이 몰아쳤다.

콰과과광!

타격음이라기보다는 붕괴음이었다.

적시운이 사지를 떨칠 때마다 지축을 흔드는 충격파가 사
위를 휩쓸었다.

그 파괴의 향연 속에서 나가들은 갈가리 찢기거나 부서져
나갔다.

운 좋게 무위의 폭풍을 피한 이들도 추격해 온 염동력의 작살을 피하진 못했다. 거리를 벌렸던 나가들이 보이지 않는 갈고리에 낚여선 이곳저곳으로 패대기쳐졌다.

적시운은 무공과 염동력, 두 자루의 칼날을 자유자재로 다루며 보이지 않는 검무를 펼쳐 나갔다.

"커헉!"

큼직한 선지를 토해낸 마후라가 비틀거리며 물러났다. 가슴 한복판에 새겨진 주먹 자국 주변의 비늘들이 후드득 떨어져 나갔다.

"너는…… 진실로 괴물이군."

"네가 할 말은 아닐 텐데?"

허우적거리며 물러나는 마후라가를 적시운이 쫓아왔다. 봐준다거나 하는 태도와는 수 광년쯤 떨어진 모습. 숨 돌릴 틈조차 없다는 사실에 마후라가는 이를 악물었다.

"하지만 가만히 당하고만 있지는 않을 것이다!"

"발악이라면 이미 하고 있잖아?"

차가운 반문이 배후로부터 들려왔다. 마후라가는 신형을 회전시키며 온몸의 비늘을 곤두세웠다.

"이번엔 다를 것이다! 나는 너를 죽이기 위해, 괴물을 잡기 위해 괴물이 되겠다!"

차르르륵!

방울뱀의 꼬리에서 날 법한 마찰음. 마후라가의 몸이 불끈 거리더니 풍선처럼 팽창했다. 그나마 인간의 형상을 갖추던 본모습과 달리 마후라가는 거대한 뱀의 형상으로 변해갔다.

쩌어억!

인간의 피부가 반으로 갈라지며 비늘로 뒤덮인 뱀의 몸통이 튀어나왔다. 어떻게 저 안에 있었을까 싶을 정도로 거대한, 족히 10m는 됨직한 크기의 몸통이었다.

"변신? 아니, 이건 차라리 거대화 쪽이 맞겠는데."

마후라가는 대답하지 않았다. 정확히는 대답할 수 없는 것이었다. 이미 이성과 지성을 송두리째 날려 버린 뒤였기에.

체내의 신경계를 교란해 인위적인 주화입마를 일으킨 것이었다. 보통 사람이라면 기혈이 뒤틀려 폐인이 되고 말았을 테지만 마후라가는 보통 사람이 아니었다.

"쉬이이익!"

주화입마를 통해 세포 속에 잠복 중이던 마수 유전자가 각성했다. 그로 인해 인간성과 이지(理智)는 완전히 소멸, 마수로서의 야성과 광기만이 남게 되었다.

정말로 자신이 이름을 따온 힌두 신화의 괴물, 마후라가 자체가 되어버린 것이다.

캬아아악!

마후가가가 괴성을 내지르며 적시운을 휘감았다. 완력만

으로 풀고 나오려던 적시운은 예상외의 힘에 놀랐다.

하지만 그것도 잠시, 염동력과 내공을 동시에 투사하자 마후라가의 비늘들이 뜯겨 나갔다.

뿌득. 뿌드드득!

마수의 괴력과 인간의 공력이 팽팽히 맞섰다. 그 격전지인 마후라가의 몸속은 실시간으로 붕괴되어 갔다.

빠직!

몸통의 일부가 찢겼다. 옭아매는 힘이 느슨해지자마자 적시운은 신형을 날려 빠져나왔다.

아가리를 쫙 벌린 마후라가 그 뒤를 쫓았다.

적시운은 허공에서 방향을 반전해 뱀의 아가리 속으로 뛰어들었다.

대사(大蛇)는 곧장 아가리를 다물었다. 독니로 꿰뚫고 맹독으로 중독시킨 후 삼켜 버리려는 심산이었지만 입속의 인간은 용케 독니를 피했다.

취이익!

흑색의 수라강기가 마후라가의 비늘을 뚫고 치솟았다. 마후라가는 고집스럽게 입을 다문 채 버텼지만 꽉 다문 입가의 틈을 비집고 검은 불길이 튀어나왔다.

꾸국. 꾸구구국!

대사의 눈알이 급속도로 팽창했다. 눈알은 이윽고 당장에라도 뽑힐 듯 튀어나오다가…….

쾅!

거대한 폭음과 함께 두 눈알이 솟구쳤다. 허공으로 비산하던 눈알들은 땅에 떨어지기도 전에 검은 불꽃에 삼켜졌다.

철퍽!

몸통과 분리된 마후라가의 머리통에 땅으로 떨어졌다. 뱀을 원형으로 삼은 마수답게 머리가 잘렸음에도 목숨이 바로 끊어지진 않았다.

두 눈을 잃고 독니도 부러졌다. 그런 채로 마후라가는 멍하니 입만 벙긋거렸다.

바닥에 착지한 적시운은 장풍을 격발해 구덩이를 파냈다. 하지만 마후라가의 머리를 그 안에 집어넣지는 않았다.

"차라리 내버려 두는 편이 나을지도."

주변에는 보랏빛의 안개가 자욱이 깔려 있었다. 마후라가의 체액이 기화된 것으로 강력한 맹독성 신경가스였다.

적시운이야 천룡혈독공으로 인해 면역이 생겼다지만 다른 이에겐 그렇지 않을 터. 단련된 상급 무사라 해도 중독되면 10분을 버티지 못할 것이었다.

"그렇다면……."

적시운은 폐건물에서 가져온 통신기를 켰다. 그러고는 천무맹 쪽에 구조 신호를 발신했다.

조악한 함정. 걸리면 좋고 아니어도 괜찮았으니 일단 질러
보기로 했다.

[땅에 묻어준다고 하지 않았나?]

"그랬지. 근데 말했다고 꼭 지켜야만 하는 건 아니잖아?"

[쯧쯔. 천마가 그리 입이 가벼워서야……]

"난 천마 아니라니까."

태연히 대꾸한 적시운이 걸음을 옮겼다.

몇 분 후, 구조 신호를 받은 일반 병력이 동물원에 들어섰
다. 그리고 자욱이 깔려 있는 독안개로 인해 적지 않은 피해
를 입었다.

더군다나 이를 수습하느라 추가적인 피해를 입어야 했으
며 설상가상으로 세부시의 군경도 등을 돌렸다.

막탄섬에서의 만행이 알려졌고, 대한민국 정부가 전송한
영상이 세부시 수뇌부에 전해졌던 것이다.

게다가 또 다른 이들 역시 위기를 느꼈다. 과거 주작전과
함께 세부 시를 배후에서 지배하던 야쿠자 파벌들이었다.

ー그간의 일은 잊고 싶소. 당신네에게도 호되게 당하긴 했지만

이 정도는 아니었지. 적의 적은 친구라던데, 이참에 손을 잡는 건
어떻겠소?

심자홍의 핸드폰으로 날아든 메시지는 곧장 적시운에게
전달됐다.

"발등에 불이 떨어졌다는 거군. 이 녀석들, 쓸 만은 해?"

"크게 기대하시진 않는 편이 좋아요. 그래도 없는 것보단
나을 거예요."

심자홍의 대답에 적시운은 고개를 끄덕였다.

"일단은 알겠다고 전해줘."

"그럴게요."

막탄섬의 국제공항은 단기간에 요새화되어 있었다. 현무
전 측이 가져온 곡사포와 기관틱 아머가 터미널 건물에 배치
됐다.

거리를 소탕하며 입수한 총화기와 폭약들도 차곡차곡 쌓
아두었다. 구출해 낸 주작전 무사들도 대강 응급처치를 마쳤
다. 그럭저럭 최소한의 전투준비는 완료한 셈. 전쟁 발발 직
후 하루가 지나가는 시점이었다.

제46장
변수 발발

1

24시간이 채 되지 않는 시간 동안 많은 일이 벌어졌다. 중국 정부 휘하의 인민보위군 1만 병력이 압록강을 건넜다.

명백한 영토 침범에 한국 정부가 항의 서한을 보냈으나 철저히 묵살당했다.

중국 정부군에 호응하여 중화인민공화국의 12개 대도시가 동시다발적으로 육군을 출병시켰다. 도합 10만에 달하는 도시 수비 병력이 공세로 전환하는 순간이었다.

이에 김성렬이 지휘하는 대한민국 육군 1군단이 북진했다.

김성렬은 기갑사단 하나를 앞서 보내어 대동강을 가로지르는 모든 교량을 파괴했다. 중국군 측 선봉대가 공격하려 들었으나 기갑사단은 임무를 마치자마자 잽싸게 빠졌다.

결과적으로 양국의 병력은 대동강을 사이에 두고서 대치하게 되었다.

대대적인 군사행동은 남쪽에서도 이루어졌다. 상해를 떠난 중국군 제2군단이 황해를 도해했다. 수심이 얕은 까닭에 대형 마수가 적다는 점을 찌르고 들어간 작전이었고, 결국 성공적으로 전라남도 진도에 상륙할 수 있었다.

다행히 임장규와 임성욱은 이를 미연에 예측했다. 그리하여 동백 연합을 몇 개의 부대로 분할하여 해남, 보성, 순천, 진주, 김해의 다섯 지역에 배치해 놓았다. 진도에서 부산으로 이어지는 길목마다 병력을 매복시킨 것이다.

2군단 역시 군사위성을 통해 이러한 움직임을 파악했다. 원래대로라면 곧장 치고 들어갔을 터. 그러나 하필 군단 지휘관인 남궁혁이 모종의 이유로 자리를 비우게 되었다. 그리하여 곧장 전진하진 않고서 일단 진도에서 대기했다.

어차피 한반도에 상륙한 시점에서 절반 이상 승기를 잡았다는 게 2군단의 예상. 그런 만큼 서두르지 않는다고 하여 문제 될 것은 없었다.

무백노사가 손수 이끄는 3군단은 마닐라를 점령했다. 원래 계획대로라면 그대로 남하해 세부를 초토화했어야 정상이지만 무백노사는 이를 시행하지 않았다. 그조차도 차마 예기치 못한 변수가 발생했던 까닭이다.

스스스슥.

무백노사는 빠르게 복도를 가로지르고 있었다. 콘크리트가 아닌 나무로 이루어진 회랑의 전경이 스쳐 지나갔다.

그가 있는 곳은 마닐라가 아니었다. 그곳과 족히 2천 ㎞는 떨어져 있는 신북경 지하 도시였다.

텔레포터들을 통해 급히 돌아온 직후. 경공을 펼치고서 급히 달리는 노사의 얼굴은 땀으로 범벅이 되어 있었다. 숨이 찼다거나 체력에 한계가 온 것은 결코 아니었다.

드르륵.

나무로 된 미닫이문이 거칠게 미끄러졌다.

어둡기 그지없는 방. 이런 곳이라면 으레 날 법한 퀴퀴한 곰팡내가 조금도 나지 않았다. 오히려 코끝을 간질이는 것은 희미한 꽃향기. 매화향과 난향이 섞여 있는 듯한 독특한 향이었다.

"오오오……!"

무백노사의 주름진 눈가를 타고 뜨거운 눈물이 흘러내렸다.

"또다시…… 한 꺼풀을 벗기셨군요."

"아무래도 그런 것 같군."

어둠 속에서 장년인이 걸어 나왔다. 분명 수개월간 스스로를 평방 12장의 공간에 가둬두었을 텐데, 입고 있는 옷은 조금도 해지지 않은 채였다. 그것은 얼굴을 비롯한 전체적인 용모 역시 마찬가지. 착각일 뿐인지는 몰라도 조금 더 젊어진 듯한 느낌마저 들었다.

천무맹의 맹주, 백진율.

무백노사는 떨리는 몸을 애써 가누고서 엎드렸다.

"맹주의 무위탈각(武威脫殼)을 경축하나이다."

"일어서시오, 노사."

"예, 맹주."

일어선 노사와 시선을 마주한 백진율이 웃었다.

"그간 바빴던 모양이구려, 노사."

지그시 입술을 깨문 무백노사가 백진율 앞에 엎드렸다.

"죽여주옵소서, 맹주."

"나 없는 동안 사극이라도 애청한 거요, 노사?"

"이 늙은이가 차마 씻지 못할 대죄를 저질렀습니다."

"팔부신중이랑 사신전 애들이라도 싸움 붙인 거요?"

"그보다 더한 일입니다."

백진율의 눈빛에서 장난기가 사라졌다.

"말해보시오."

무백노사는 모든 것을 털어놓았다. 자신의 독단으로 인해 벌어진 일련의 사태 및 그로 인한 후폭풍에 대하여 일말의 거짓도 없이 구체적으로 설명했다.

"늙은이의 변명으로 들릴 테지만 맹주께오서 오늘 폐관을 마치실 줄 알았다면 결코 저지르지 않았을 것입니다."

"오늘 마친 내 잘못이로군."

"그런 뜻이 아니오라……!"

"알고 있소, 노사. 그렇다고 노사를 탓할 마음은 없소. 이미 저질러진 일이니 화내봐야 무의미한 일이지."

무백노사가 바닥에 무릎을 꿇었다.

"맹주의 권한을 멋대로 휘두른 죄, 이 늙은 것의 목숨으로 갚겠나이다. 하나 청컨대 적시운 그놈이 죽는 모습만은 보고 가게 해주소서."

"됐으니 일어나시오, 노사. 어버이이자 스승이자 친구를 내칠 만큼 나 백진율은 모난 놈이 아니오."

"하오나……."

"내가 괜찮다고 했소."

백진율의 음성엔 맹주로서의 위엄이 담겨 있었다. 무백노사는 자기도 모르게 엉거주춤 몸을 일으켰다.

"천무맹 12강의 반수 이상이 당했다고?"

"예, 정확히는 여덟입니다. 창궁검왕과 간다르바, 각나찰과 창야차를 제외한 모두가 당했습니다."

"제석천까지도?"

"그렇습니다."

"적시운 한 명에게?"

"그렇습니다."

"흐음."

백진율이 심각한 얼굴로 턱을 괴었다.

"폐관에 들어가기 전을 기준으로 하자면 제석천과 적시운 간의 차이는 거의 없었소. 아마 아슬아슬하게 적시운이 우위를 점했을 테지. 물론 이능력이라는 변수가 있으니 실제로는 더 격차가 컸을지도 모르지만."

"……."

"한데 노사의 반응을 보자면 놈이 예상을 뛰어넘은 모양이군. 그렇지 않소?"

무백노사는 대답하지 않았다. 맹주의 질문에 침묵하는 것은 크나큰 결례였으나 적시운에 대한 반감이 너무나 컸다. 물론 그 태도만으로도 대답으로는 충분했다.

"내가 폐관에 들어간 것은 결과적으로 옳은 판단이었군."

백진율은 담담히 웃었다.

"당장 우세하다고 하여 여유 부리고 앉아만 있었다면 놈에게 따라잡혔을 거요."

"그럴 리 없습니다, 맹주. 어찌 동쪽의 오랑캐 놈 따위가……."

"그는 천마의 후계자요. 적수로서 인정받을 만한 자격이 있지."

"하오나……."

"일단은 가서 얘기합시다. 여기서 노사의 설명만 들어서는 상황 파악이 온전히 되지 않을 것 같군."

"……예, 맹주."

백진율이 걸음을 옮겼다. 고개를 푹 숙인 무백노사가 비에 젖은 개처럼 뒤를 따랐다.

밤이 찾아왔다. 막탄국제공항의 상공으로 별빛과 어둠이 깔렸다.

텅 빈 활주로에 스산한 바람이 부는 가운데, 곳곳이 박살 난 터미널 건물 안에선 여러 개의 모닥불이 타올랐다.

헨리에타 일행과 주작전 무사들이 모닥불을 중심으로 둘

러앉아 있었다. 다들 저녁 식사를 마친 직후. 포격과 습격 속에서도 면세점들은 다행히도 무사했다.

그곳의 식품 코너에서 인스턴트식품들과 생수를 가져올 수 있었다. 물량 또한 충분하여 50여 명의 인원이 무리 없이 섭취했다.

"긴 하루였어."

밀리아가 정강이를 주무르며 말했다.

"생각해 보니 바깥에서 야영하는 것도 꽤나 오랜만이네."

"그러게."

"그때 생각나, 헨리에타? 길드에서 샌드웜 사냥 나갔다가 너랑 나만 낙오된 거."

"그거, 너 때문이었잖아."

"응? 그래?"

헨리에타가 눈을 흘겼다.

"그것도 모르고서 물어본 거야?"

"그냥 낙오됐던 것만 기억나지 왜 낙오됐었는지는 기억 안 나걸랑."

"너 때문이었어. 도망치는 샌드웜을 너무 깊이 추격하다가 같이 구덩이에 빠졌었잖아."

"아."

나지막이 탄성을 뱉은 밀리아가 혀를 쏙 내밀었다.

"옛날 일이잖아. 이제는 다 추억 아니야?"

"별로 기억하고 싶지 않은 추억이지."

헨리에타는 가만히 주변을 돌아봤다. 만연한 불안감과 어스레한 희망이 깃들어 있는 얼굴들. 모닥불에 둘러앉은 여인들은 무사라기보다는 피난민에 가까워 보였다.

'하지만 다들 살아 있어.'

희망찬 미래만이 기다리고 있는 것은 아니었지만, 아예 미래조차 없는 것보다는 나았다.

"……."

슬그머니 일어난 헨리에타가 건물 바깥쪽으로 걸어갔다. 뼈대만 남긴 채 불타 버린 격납고 쪽으로 향하니 직립한 철골 끝에 서 있는 적시운이 보였다.

"뭔가 감지되는 거라도 있어?"

"약간은."

대답은 등 뒤에서 들려왔다. 흠칫 놀란 헨리에타는 더 이상 철골 위에 아무도 없다는 걸 깨달았다. 동시에 적시운과의 격차도 새삼 실감했다.

"오늘 밤엔 아무 일도 일어나지 않을 거야. 다른 애들한테도 그렇게 전하고 푹 쉬도록 해."

"그래?"

"응, 내일은 어떨지 모르겠지만 일단 새벽까지는 괜찮을 거야."

"알겠어. 당신도…… 피곤할 텐데 좀 쉬어."

적시운은 대강 고개를 주억거렸다. 그가 혼자 있고 싶어한다는 걸 깨달은 헨리에타가 터미널로 돌아갔다.

다시 철골 끝에 올라선 적시운은 북쪽을 응시했다.

"……당신도 느끼고 있지?"

[음.]

나지막한 적시운의 질문에 천마가 착 가라앉은 어조로 대답했다.

[웅크리고 있던 잠룡이 기지개를 켰군.]

백진율과 무백노사, 두 사람이 텔레포터가 있는 곳에 다다르자 익숙한 얼굴이 보였다.

"무사히 폐관을 마치신 것을 경축드립니다."

"고맙소, 백호전주."

창궁검왕 남궁혁이 몸을 일으켰다. 무심한 듯한 그의 시선이 무백노사를 스쳐 지나갔다.

"마닐라에 있을 거라 생각했네만."

"노사께서 신북경으로 향했다는 얘기를 듣고 바로 뒤따라

왔소."

"그랬구먼."

형식적으로 대꾸하는 무백노사의 얼굴은 떨떠름했다. 남궁혁은 그에게서 시선을 돌려 백진율을 바라봤다.

"하문하실 게 많을 듯합니다, 맹주."

"내 생각도 그렇소. 하지만 우선은 가장 중요한 질문부터 건네야겠군."

작게 한숨을 쉰 백진율이 말했다.

"현재 천무맹은 전쟁 중이오?"

"……예, 맹주."

"어투를 보자니 돌이키기엔 늦은 듯하군."

"필리핀의 대통령이 암살당했고 마닐라는 불바다가 되었습니다. 세부시에서만 과반수의 12강이 사망했으며 한국을 비롯한 국가들에 천무맹의 이름으로 선전포고가 전해졌습니다."

"정부군도 움직였겠군."

"예, 그리고 중화당 주석 심인평이 제거되었습니다."

백진율이 물끄러미 무백노사를 돌아봤다. 무백노사는 그 사이에 수십 년은 더 늙은 듯한 얼굴이었다.

"이 늙은이가 독단적으로 결정한 일입니다. 하나 반드시 해야만 하는 일이었습니다. 심인평 그놈은……."

"됐소. 이미 엎질러진 물이라는 것쯤은 충분히 알겠으니."

"맹주, 적시운 그놈만큼은 반드시 제거해야만 합니다. 비록 상황이 이렇게 흘러 버렸으나 어찌 보면 차라리 잘된 일입니다."

"잘된 일이라?"

"예, 놈에게 조금만 더 시간을 주었더라면 송곳니에 물리는 것은 우리 천무맹이 됐을 것입니다."

무백노사는 죽음을 각오한 얼굴이었다.

"비록 이 늙은이의 독단으로 전쟁이 시작되었으나 천마의 맥을 완전히 끊을 수만 있다면 그 이상 가는 짓이라도 저지를 것입니다."

"그렇더라도 나는 최악의 상황만큼은 피하고 싶소."

"맹주……!"

"천무맹은 세상을 보호하고 올바르게 인도하기 위해 존재하지, 파괴하기 위해 존재하는 게 아니오."

백진율이 차분한 어조로 말했다.

"그것은 저 천마의 후계자라 해도 예외가 아니오. 그렇잖소?"

"맹주!"

"적시운과 대화를 나눠보겠소. 그리고 설득할 것이오. 만약 그렇게까지 하고서도 놈이 마음을 바꾸지 않는다면……."

백진율의 눈빛이 싸늘히 빛났다.

"노사가 시작한 전쟁, 내 손으로 끝맺으리다."

2

활주로 위로 아침이 밝았다. 주작전 무사들은 찝찝한 불안감 속에서 기지개를 켰다. 대체로 시커먼 먹구름이 낀 얼굴들. 물론 모두가 그런 것은 아니었다.

"잘들 주무셨어요? 간이 세면장이랑 식사를 마련해 뒀으니 저쪽 가서 씻고 드세요."

아티샤가 깨어난 무사들에게 다가가 생수병을 건네며 말했다. 꾸밈없는 밝은 미소에 무사들의 불안감도 조금은 누그러졌다. 멀리서 그 모습을 보며 그녀가 있어 다행이라고 헨리에타는 생각했다.

"오늘도 습격이 있겠지?"

당연하지 않느냐는 핀잔이나 들을 법한 질문. 말을 꺼낸 헨리에타 본인도 그렇게 생각할 정도였으나 적시운의 대답은 예상 밖이었다.

"그렇지 않을지도."

헨리에타는 두 귀를 의심하며 고개를 돌렸다.

"그게 무슨 뜻이야?"

"새벽녘에 세부섬을 한 바퀴 둘러봤어. 황사룡네 잔당들 말고는 아무도 없었어. 오늘 공습을 하려면 못해도 새벽에는 섬에 상륙했어야 하는데."

"그렇다면……."

"이쪽을 포기하고 한반도에 집중하기로 한 건지도 몰라."

반사적으로 피어나는 안도감. 하지만 좋아할 일만은 아니었기에 헨리에타는 표정을 관리했다.

"만약 그런 거라면 가 봐야 하는 것 아냐?"

"문제가 생겼다면 차수정이나 권창수가 연락했을 거야. 그렇지 않다는 건 아직 비상사태까진 아니라는 거고."

"통신망이 끊어졌을 가능성은?"

"없어."

적시운이 단호하게 말했다. 헨리에타도 더 반론을 제기하진 않았다.

"게다가……."

"응?"

무언가를 말하려던 적시운이 머뭇거렸다.

"아니, 아무것도 아냐."

"왜 그래? 사람 궁금해지게."

"궁금하라고 그런 거야."

농담조로 대꾸하는 적시운. 물론 그게 농담이 아니란 것쯤은 구분할 줄 아는 헨리에타였다.

"말할 마음이 들면 그때 가서 해. 어쨌든 이 얘기, 사람들한테 말해도 되는 거지? 조금은 불안감을 누그러뜨릴 수 있을 것 같은데."

적시운이 고개를 끄덕였다. 헨리에타는 조금 밝아진 얼굴로 사람들에게 돌아갔다.

평화로운 오전이 흘러갔다. 아침 식사를 마친 그렉과 밀리아가 세부섬 정찰을 나갔고 헨리에타와 심자홍은 주작전 무사들을 공항 내 적재적소에 배치해 두었다.

당장의 습격이 없으리란 건 희소식이었지만, 그래도 마음을 놓을 수만은 없었던 것이다.

적시운은 그동안 명상에 잠겨 있었다. 마치 그게 누군가를 기다리는 것 같다고 헨리에타는 생각했다.

적시운이 일어선 것은 정오 무렵이었다.

"헨리에타."

"응, 듣고 있어."

뭔가 있다는 것을 느낀 헨리에타가 급히 다가왔다.

"1시간 이후에도 내가 돌아오지 않으면 비행선에 전부 태워서 섬을 탈출해. 그 이후의 상황은 모두 네가 판단하도록 하고."

"……위험한 상황이야?"

"어쩌면."

"돌아올 수는 있는 거지?"

적시운은 대답하지 않았다. 나직이 심호흡을 한 헨리에타가 말했다.

"기다릴게. 돌아올 때까지."

"헨리에타."

"당신이 잘못되면 어차피 우린 다 죽은 목숨이야? 안 그래? 그렇다면 도망치다 격추당하느니 끝까지 싸우는 길을 택하겠어."

"……."

"그러니까 약한 소리는 하지 마. 당신답지 않으니까."

적시운은 픽 웃었다.

"그래, 알겠어. 금방 돌아올 테니 기다려."

"응."

헨리에타가 웃으며 대답했다. 적시운은 터미널 밖으로 걸음을 옮겼다.

총기를 손질하던 그렉이 힐끔 눈길을 보냈다. 짤막한 시선 교환 뒤로 그가 고개를 끄덕였다.

비엽보를 펼친 적시운은 세부섬과 막탄섬을 잇는 해협을 단번에 뛰어넘었다.

"……."

다음 행선지를 고민할 필요는 없었다. 노골적인 기척이 느껴지고 있었으니까.

적시운은 세부 동물원으로 향했다. 담을 넘어 얼마간을 걸으니 익숙한 장소가 나타났다.

"이곳에 마후라가의 사체가 널브러져 있었다더군. 사체에서 뿜어져 나온 치명적인 독 안개와 함께 말이야. 덕분에 지원하러 갔던 무사들까지도 유명을 달리했다."

익숙한 것 같으면서도 낯선 음성. 적시운은 목소리의 주인을 향해 몸을 돌렸다.

"악취를 풍긴 놈이 잘못이지."

"주제를 모르는 오만함은 달라진 게 없군."

"거울이라도 보고 그런 말을 하시지."

백진율은 무표정한 얼굴이었다. 수행원은 따로 대동하지 않은 모양. 보아하니 신북경에서 이곳까지 단숨에 날아온 듯했다.

"폐관 수련이 끝난 건가?"

"그렇다. 그리고 너 역시…… 예전에 조우했던 때와 판이하게 달라졌군."

적시운은 주먹을 움켜쥐었다. 기감만으로는 백진율의 무위를 가늠하기 어려웠다. 다만 일전에도 둘 사이의 격차가 상당했음을 감안한다면 도저히 긴장을 풀 수가 없었다.

"이렇게 너를 직접 내 눈으로 보니."

백진율이 차분한 어조로 말했다.

"폐관에 들어간 것이 정답이었다는 확신이 드는군. 그때의 무위를 겨우 유지하는 수준이었다면 위험했을 거다."

"지금이라고 다를 것 같나?"

도발용으로 툭 던진 한마디. 그러나 백진율을 화를 내거나 비웃는 대신 고개를 저었다.

"모르지. 생사의 갈림길에서 벌어지는 싸움은 무위의 높고 낮음만으로 결착이 나지 않는 법이니."

"못 본 사이에 말투까지 구닥다리로 변했군."

"그럴지도."

백진율의 입가에 희미한 미소가 맺혔다.

"무백노사는 너를 꼭 죽여 없애야 한다고 열변을 토하더군."

"나도 그 노인네에 대해 똑같이 생각한다고 전해줘."

"그러지. 좋아할 것 같지는 않지만."

"……."

"하여간 내 생각은 노사와 다르다. 사실 네가 천마의 후예라 하더라도 상관없어. 무림맹과 천마신교 간의 대립은 수백 년도 전의 일. 지금의 우리와는 무관하니 말이다."

적시운의 동공이 살짝 커졌다. 백진율의 태도나 분위기가 지난번과는 조금 다르다는 느낌이 들었다. 그렇기에 더더욱 믿을 수 없는 면도 있었다.

"무백이란 늙은이가 그 얘길 들었다면 넋이 나갔겠는걸."

"그럴 테지. 그래서 나 혼자 조용히 이곳으로 온 거다."

"그 말을 내가 믿으리라 생각하고서? 무림맹이야말로 천무맹의 전신인데?"

"13세기의 몽골 제국은 중국뿐 아니라 당시의 조선반도까지 정벌했었다. 지금의 너는 몽골이란 나라에 증오심을 느끼나?"

"⋯⋯."

"더군다나 천마신교와 무림맹 간의 대립은 국내의 일, 그것도 무림의 일이었다. 현대를 살아가는 데다 외국인이기까지 한 네가 감정을 이입하고 분노해야 할 당위성이 어디에 있지?"

적시운은 대꾸하지 않았다. 하지만 백진율의 말이 아주 틀리다고는 생각하지 않았다.

[자네, 설마 저 애송이의 말에 감화된 것은 아니겠지?]

천마의 음성에서 희미한 노기가 느껴졌다. 적시운을 향한 분노는 아닐 테지만 대답 여하에 따라선 또 달라질 일이었다.

"하나만 묻자."

적시운이 입을 열었다. 백진율이 말하라는 시선을 보냈다.

"지금 내게 손을 잡자고 제의하는 건가?"

"그렇다. 엄밀히 말하면 네가 내 밑으로 들어와야겠지. 하지만 그것은 어디까지나 대외적인 관점에서나 그렇고, 나는 너를 동등한 입장에서 대우할 것이다."

"무백 그 노인네가 가만히 있지 않을 텐데?"

"노사뿐만은 아닐 테지. 네가 천무맹에 입힌 피해는 너무나 크다. 거의 대부분의 맹도가 너를 증오하고 적대할 것이다. 하지만!"

백진율의 음성에 힘이 들어갔다.

"그 정도의 불만은 내가 모두 잠재울 수 있다. 네 능력이라면 이 동맹의 필요성을 납득시킬 수도 있을 테고."

"불만을 잠재운다는 게 말은 쉽지, 사람의 마음이란 게 그리 간단히 억눌리지는 않을 텐데?"

"그렇겠지. 하지만 나와 너라면 할 수 있다. 거대한 중원을 좌우해 온 두 줄기의 무학, 그 각각의 후계자인 우리라면."

적시운은 물끄러미 백진율을 응시했다.

"왜 내게 손을 내미는 거지?"

"이유는 크게 두 가지다. 하나는 전략적인 결정. 이대로 너희와 끝까지 가게 되면 천무맹이 입게 될 타격은 심대할 것이다. 결착이 나더라도 상처뿐인 승리일 테지."

"다른 하나는?"

"나는 강해졌다."

말을 꺼낸 백진율이 잠시 머뭇거렸다.

"예전의 나…… 폐관에 들어가기 전의 나 역시 강했지. 제석천이나 창궁검왕조차도 50합 이상을 버티지 못할 정도였으니까. 하지만 지금의 나는 그 이상이다."

백진율은 고개를 들어 적시운을 응시했다.

"처음 폐관에 들어가고 한 달간은 약간의 진척조차 볼 수 없었다. 이게 내 한계인가, 여기까지인가 하는 자괴감이 들었지. 그때 떠오른 게 너였다."

"나라고?"

"그래, 아라크네를 잡던 당시의 너. 그 짧은 만남이 생각보다 많은 것을 바꿨다는 걸 폐관이 마무리될 때쯤에야 깨달을 수 있었지."

적시운의 미간에 골이 파였다.

"무슨 개소리를 하고 싶은 거냐?"

"나는 너를 통해 무학의 다음 단계로 넘어갈 계기를 마련했다. 그리고 이제…… 나의 고독을 이해할 수 있는 이 또한 너뿐이지."

"고독이라고?"

"군작(群雀)은 대붕의 뜻을 알지 못한다. 열등한 자는 우월한 자를 이해할 수 없다. 오로지 너만이, 나의 경지를 가늠이나마 할 수 있는 너만이 나를 이해할 수 있을 것이다."

"미친놈."

적시운의 욕설에도 백진율은 반응이 없었다. 마치 그 정도쯤은 들어줄 수 있다는 듯.

"내 유일한 이해자일지도 모르는 너를, 이대로 제거한다는 것은 안타까운 일이다. 그렇기에 나는 되도록 너를 죽이고 싶지 않다."

[빌어먹을 놈이지만 이해가 아주 가지 않는 건 아니군.]

천마가 투덜대는 투로 중얼거렸다. 반면 적시운은 얼굴 만면에 불쾌감을 드러냈다.

"진짜 두개골 안쪽까지 근육으로 가득 찬 인간들이군. 군작? 대붕? 기껏해야 싸움박질 좀 더 잘하게 됐다고 자신들이 남의 머리 위에 올라 있는 줄 아는 거냐?"

[흠흠. 아니, 그…….]

"모든 인간이 그렇지 않나?"

백진율이 빤한 얼굴로 대꾸했다.

"무력, 권력, 재력, 외모, 인맥…… 어떤 면이 되었든 뛰어난 요소를 지닌 자는 그렇지 못한 자를 얕잡아 본다. 그건 너또한 마찬가지일 텐데?"

"너처럼 고독이니 경지니 뜬구름 잡는 개소리로 포장하진 않는다, 역겨운 새끼야."

내내 여유롭던 백진율의 얼굴에 처음으로 균열이 생겼다.

"……뭐라고?"

"기왕 말할 거면 좀 솔직해지지그래? 허구한 날 네 옆에서 엉덩이나 핥아대는 천무맹 잡것들에게 싫증이 났다고. 그래서 좀 틱틱거리지만 만만한 건 마찬가지인 놈을 옆에 붙여서 즐기고 싶다고."

"……."

"너는 천무맹이 타격을 입을 것이 두려운 게 아냐. 한국을 비롯한 주변국들이 궤멸됨으로써 너희 밑바닥을 깔아줄 열등 종자들이 사라지는 게 싫은 거지."

경멸로 가득한 적시운의 눈빛.

백진율은 슬그머니 그 시선을 회피하는 자신을 발견하고는 흠칫했다.

"중화사상이라는 개념부터가 바로 그것 아닌가? 너희가 바로 세상의 중심이고 그 주변의 민족들은 오랑캐이며 열등한 자들이라는 거."

"……."

"무림맹이 그러다가 한 번 멸망할 뻔했지. 예기치 못한 변수 때문에 목숨을 건졌지만……."

적시운의 몸에서 살기가 흘러나왔다.

"이번엔 달라. 내가 깨버릴 거다. 네놈들의 그 빌어먹을 사상."

3

"……."

백진율의 입이 살짝 벌어졌다가 닫혔다. 어딘지 모르게 목각 인형 같은 부자연스러운 반응. 적개심을 숨기지 않고 내비치는 적시운과 달리 그는 혼란스러워하는 모습이었다.

"어려울 텐데?"

가까스로 다시 열린 백진율의 입에서 흘러나온 말이었다.

"너는 머저리가 아니다. 아라크네 섬멸전 때 보여준 전술만 봐도 알 수 있지. 너는 계산적이며 신중하고 이성적이다. 그렇다면 이 싸움의 결착이 어떻게 될지도 알고 있을 텐데?"

"그래, 천무맹도 너희들도 개박살이 날 거다."

"……진심으로 하는 말인가?"

"거짓말이라고 하면 믿어주려고?"

백진율의 얼굴이 딱딱하게 굳었다. 스산한 살기가 주위를 잠식했다.

'여기서 끝장을 낸다. 내야만 한다.'

적시운은 내심 되뇌었다. 아마도 비할 데 없는 프라이드 때문일 테지만, 백진율은 정말로 아무도 대동하지 않은 채 홀로 세부에 상륙했다.

본신의 무위만으로도 분명 강맹하기는 하나, 그래도 혼자인 편이 부하들을 득실득실 끌고 온 것보단 나았다.

어차피 세력 대 세력 간의 싸움으로 가면 대한민국 측이 한없이 불리한 바, 여기서 어떻게든 백진율을 처리하는 편이 그나마 승산이 높았다.

그래서 일부러 백진율을 자극한 면도 컸다. 기왕 싸울 거라면 조금이라도 평정심을 흔들어 두는 편이 나았으니까.

'힘든 싸움일 테지만……'

북미 제국에 있던 당시와 한국으로 귀환한 이후를 통틀어 백진율은 인간으로선 유일하게 적시운보다 강한 존재였다.

물론 그간 적시운도 대단한 성장을 했다. 두 개의 대재앙급 마수의 코어를 흡수했으며 천마신공의 성취 또한 비약적으로 발전했다.

'하지만……'

백진율 또한 폐관 수련을 통해 가일층 성장했다. 게다가 추측하건대 그 과정에서 최소 하나 이상의 마수 코어를 흡수했다.

이전에도 상당했던 격차가 과연 어느 정도까지 좁혀졌을까.

최악의 경우엔 오히려 벌어졌을 수도 있었다.

그렇더라도 싸워야 한다는 게 적시운의 결론이었다.

한데 백진율은 여전히 싸울 마음이 없는 모양. 적시운의 말에 분노한 기색이었으나 노기를 애써 억누르는 듯했다.

"너는 아무것도 모른다, 적시운."

"최소한 네놈들이 망할 잡것들이라는 건 알아."

"우리 천무맹이 선민의식을 가졌었다는 건 인정한다. 하지만 너희가 인정하든 말든 간에 우리는 아시아의 평화를 유지해 왔다."

"네 부하들에게 죽은 사람들에게도 그 말을 해보시지. 이 섬에도 꽤나 많을 텐데."

"후……."

백진율이 무거운 한숨을 토했다.

"천무맹은 완벽한 조직이 아니다. 그건 인정하지. 하지만…… 모든 것은 보다 많은 이의 상생을 추구하는 과정에서 생겨난 부작용이다."

"보다 많은 '너희 사람'이겠지."

"우리 인류는 더 이상 이 지구의 주인이 아니다. 같은 인류끼리 싸우기엔 바깥의 적이 너무나 강하고 거대하다. 그렇지 않은가?"

"그래서? 외부의 적을 핑계로 결국 너희끼리만 잘 해먹겠다는 소리잖아? 지금껏 너희 천무맹이 솔선수범해서 희생하거나 한 적이 있었나?"

"너는 아무것도 모른다! 저 마수들뿐만이 우리의 적이 아니다. 태평양 너머, 모두가 멸망했다고 생각했던 저 아메리카 대륙에 무엇이 있는지 알고나 있나?"

"그래."

적시운의 대답에 백진율의 눈빛이 흔들렸다.

"너, 설마……?"

"나랑 같이 다니는 애들을 못 본 건가? 걔들이 어디 출신일 거라 생각한 거지?"

"그들이…… 유럽인이 아니라……."

"북미 제국, 한때 미합중국이라 불렸던 나라의 생존자들이다."

백진율은 놀란 눈으로 적시운을 바라봤다. 그래도 이내 평정심을 되찾았다.

"그렇다면 차라리 잘됐군. 내가 말하는 바를 이해하기도 쉬울 테니."

"무슨 말?"

"인류의 궁극적인 적은 천마(天魔)다. 이건 네가 사사한 천마신공의 창시자인 그 천마를 말하는 게 아니다."

"알고 있어."

아포칼립틱 데몬 로드(Apocalyptic Demon Lord).

게이트를 통해 세상을 침공한 모든 마수의 제왕.

데몬 로드에 대해선 희미한 개념만이 존재할 따름이었다.

마수들은 인간이 생각한 것 이상으로 수준 높은 행동 패턴과 전술을 보유하고 있었고, 응당 이 모든 것을 지휘하는 자가 존재한다고 생각할 수밖에 없었다.

그로써 등장한 개념이 바로 천마였다. 지구 침공을 획책한 마수들의 지배자, 보이지 않는 곳에서 전쟁을 지휘한 인류의 적.

하지만 그 개념은 날이 갈수록 희박해져 가고 있었다. 어찌 됐든 천마라고 부를 만한 존재는 직접적으로 목격된 적이 없었던 것이다.

극지방에 위치한 초대형 게이트, 그 근방에 있으리라고만 어렴풋이 짐작할 뿐. 그마저도 게이트에서 발생한 대량의 이온 에너지를 설명하기 위한 가설에 불과했다.

"한데…… 반쯤은 뜬구름 잡기에 불과한 아포칼립틱 데몬 로드가 실재한다는 건가?"

"그렇다. 우리가 어떻게 차원 이동 실험을 할 수 있었을 거라 생각하나?"

"……!"

적시운은 지그시 입술을 깨물었다. 그간 머릿속으로만 생각해 온 의문의 답이 바로 눈앞에 있었다.

"역시 내가 참여했던 실험은 시간 이동이 아니라……."

"차원 이동 실험이었다. 궁극적인 목적은 마수들이 나타난 진원지, 속칭 오메가(Omega) 차원을 찾아내기 위함이었다."

"그리고 동맹국에는 거짓말을 한 거군. 과거로 돌아가 천마를 죽이겠다느니 하는 달콤한 헛소리를 말이야."

"시간의 흐름은 역행하는 것이 불가능하다. 특수한 상황속에서 상대적 흐름의 속도를 바꾸는 것은 가능하겠지만 뒤집는 건 불가능해. 그것은 검은 안식일을 통해 물리법칙이 뒤바뀐 지금이라 해도 마찬가지다."

"그러니까 거짓말을 했다는 거잖아."

"그랬지. 하지만 진실을 말했어도 너는 어차피 자원했을것 아닌가?"

적시운이 이를 악물었다.

"그래, 그랬을 거다. 하지만 그렇다 해서 너를 이해한다는 뜻은 아냐. 기분이 더럽다는 것만큼은 변하지 않으니까."

"너는 그 차원 이동을 통해 누군가를 만났다. 그리고 아마도 그에게서 천마신공을 전수받았을 테지. 아닌가?"

"……."

"다시 말해 그 실험이 아니었다면 이런 힘을 얻었을 일도,

살아남아 네 가족들과 재회하는 일도 없었을 거다. 설령 실험에 참가하지 않았더라도 너와 가족들은 언젠가 어떤 형태로든 비참한 죽음을 맞았을 테니."

"너……!"

"계속 들어봐라. 중요한 건 결국 이것 아닌가? 우리는 어떻게 이차원의 통로를 여는 방법을 알아냈는가?"

적시운은 주먹이 새하얘지도록 꽉 쥐었다. 하지만 바로 공격해 들어가진 않았다. 분노보다도 의문에 대한 갈증이 더욱 컸기 때문이다.

"그것과 북미 제국은 어떤 관계지?"

"설명하자면 길어질 테니 간략히 말하지."

잠시 뜸을 들인 백진율이 말을 이었다.

"최초로 차원의 문을 연 것이, 22세기의 미합중국 국방성이었다."

제국의 수도, 라자루시안의 어딘가.

좁디좁은 공간이었다. 구석에 마련된 간이 화장실까지 포함하더라도 10평방미터가 채 되지 않을 자그만 독방.

퀀텀 리퍼 아킬레스 프레스터는 그 안에 갇혀 있었다.

"……."

한때는 황제의 충신이자 모든 이의 선망의 대상이었던 자. 그러나 지금은 몸 곳곳에 구속구를 단 채 죄수복 차림으로 갇혀 있는 신세였다.

다만 오늘은 혼자가 아니었다. 면회자가 찾아왔던 까닭이다.

물론 보통의 경우엔 안전장치가 철저히 마련된 면회실이 만남의 장이 됐을 터였다. 하지만 아킬레스를 찾아온 면회자는 매우 특수한 인물이었고 독방 안에서 죄수를 직접 대면하는 것조차 얼마든지 가능했다.

"오랜만입니다, 아킬레스 경."

"반갑다고는 도저히 말 못 하겠군, 펠드로스."

백발의 청년 펠드로스는 쓴웃음을 지었다.

"제가 온 것을 다행으로 여기셔야 할 겁니다. 에블린이었다면 귀하를 본 순간 갈가리 찢어발기려 했을 겁니다."

"……에메랄드 시타델은 어떻게 되었지?"

"도시는 무사합니다. 황제 폐하께오서 하해와 같은 아량을 베푸신 덕택이지요. 오스카리나 백작뿐 아니라 배신자 김은혜 역시 폐하의 용서를 받았습니다."

아킬레스는 쓴웃음을 지었다. 펠드로스의 말이 진실이 아님을 알기 때문이었다.

그녀들이 무사하다는 말 자체는 사실일 것이다. 하지만 그건 황제의 아량 덕택이 아닌, 철저히 계산에 의한 결과일 따름이었다.

그녀들에겐 아직 인질로서의 가치가 있었기에, 오로지 그 때문에 그녀들은 살아 있는 것이었다.

'그리고 그 말은 곧⋯⋯.'

황제가 무언가를 두려워하고 있다는 뜻. 그 무언가가 무엇일지는 굳이 추측할 필요도 없었다.

'나 또한 만약을 대비한 인질이란 거군.'

아킬레스의 죄목은 단순하면서도 묵직했다.

황제에 대한 반역.

하나 그 죄목을 한 꺼풀 벗기고 들어가면, 결국 아킬레스가 한 일은 적시운 일행을 태평양 너머로 보내준 것밖에 없었다.

그게 정녕 반역으로 비칠 만큼 위협적인 행동이었던가?

아킬레스는 도저히 이해할 수가 없었다.

"황혼의 순례자가 동남부를 초토화시킬 수도 있는 비상사태 때는 침묵하시던 폐하께서⋯⋯ 내가 고작 대해를 한 번 건너갔었다는 이유만으로 목을 치려고 하시는군."

"아킬레스 님, 선을 넘지 마십시오."

펠드로스가 엄중한 어조로 경고했다.

"폐하께선 무한한 자애와 자비심을 가지고 계시지만, 저는 그렇지 못합니다."

"……"

"애당초 저는 기쁜 소식을 전해드리러 온 거란 말입니다."

"기쁜 소식?"

"네, 아킬레스 님의 구금은 오늘로서 끝입니다. 한 가지 조건하에 펜타그레이드로서의 복직도 허가되었습니다."

아킬레스는 조소를 머금고 싶은 자신을 애써 억눌렀다. 어찌 되었든 지금은 일단 참아야 할 때였다.

"독방 구금에 대한 기록은 아킬레스 님의 명예를 위해 말소될 것입니다. 귀하께서 불명예스러운 죄를 저지르셨다는 것은 저와 폐하만이 비밀로서 간직할 것입니다."

"폐하의 자비에…… 감사를 드리고 싶군."

"응당 그러셔야 할 것입니다. 지난 과오를 씻기 위해서라도 앞으로 충정을 다하여 주시길."

"그러겠네. 대양을 건너가는 일은 더 이상 없을 걸세."

반쯤은 비꼬기 위해 내뱉은 말이었다. 그러나 펠드로스의 반응은 아킬레스의 예상 밖이었다.

"아뇨, 오히려 앞으로는 아킬레스 님의 경험과 능력이 필요하게 될지도 모르겠습니다."

"그게…… 무슨 뜻이지?"

자리에서 일어난 펠드로스가 미묘한 미소를 지었다.

"조만간 폐하께서는 쇄국령을 해제하실 계획이십니다."

"그러니까 네 말은, 마수들이 차원의 문을 넘어 나타나게 된 것이 미국 때문이라는 건가?"

"그렇다. 이제 우리의 진정한 적이 누구인지 알 테지?"

백진율이 적시운을 향해 손을 내밀었다.

"마지막 권고다. 내 손을 잡는다면 우리는 함께 힘을 합쳐 미국의 야욕을 저지하고 마수들을 지구에서 몰아낼 수 있을 것이다. 하지만……."

"더 설명할 필요 없어. 내 결심은 확고하고 네 반응 따위는 개의치 않으니까."

"손을 잡겠다는 건가?"

적시운이 손을 들었다. 그러나 악수하기 위해 펴진 손바닥이 아닌, 꽉 쥐어진 주먹이었다.

"그 반대다."

쾅!

수라강기를 머금은 천랑섬권의 백진율의 얼굴에 꽂혔다.

4

"크……!"

백진율의 몸이 주르륵 밀려났다. 그 뒤로 일어난 파장이 부채꼴 모양으로 땅을 헤집었다. 충격파만으로도 지반이 뒤틀릴 수준. 그럼에도 백진율은 생채기 하나 나지 않았다. 콧등을 중심으로 퍼지는 알싸한 통증만큼은 어쩌지 못했지만.

"적시운……!"

"자꾸 이름 부르지 마라. 그러다 정 들라."

"기어코 파멸의 길을 택하겠다는 거냐?"

"누가 파멸하느냐가 문제 아냐? 내가 보기엔 너희 같은데."

"마수들을 이 세상에 풀어놓은 것은 미국 놈들이다. 더러운 천민자본주의의 노예 놈들이 이 세상에 괴물을 풀어놓았어!"

"그래서 어쩌라고? 미국 놈들이 나쁘니까 너희가 저지른 일들은 별것 아니란 거냐?"

적시운이 재차 권격을 뻗었다. 이번에는 백진율도 가만히 있지 않았다. 적시운의 오른팔을 어깨 위로 흘려 넘기는 동시에 옆구리로 파고들어 그대로 흉부에 일장을 날렸다.

찰나의 순간, 적시운이 무릎을 들어 올려 손바닥을 막아냈다.

꽈광!

지축을 흔드는 폭발과 함께 두 신형이 반대 방향으로 미끄러졌다.

저릿한 통증이 적시운의 무릎 관절에 스몄다. 백진율 역시 얼얼한 손바닥을 위아래로 흔들었다.

막상막하.

양쪽 모두 전력을 다한 것은 아니었지만 허투루 힘을 쓴 것도 아니었다. 그런 만큼 두 사람이 받은 충격은 결코 작지 않았다.

'S급 마수 둘의 코어를 흡수하고 환골탈태까지 겪었는데…….'

'벌써 이만큼이나 따라잡았단 말인가?'

적시운은 백진율을 넘어서지 못했다는 사실에, 백진율은 사실상 적시운에게 따라잡혔다는 사실에 경악했다.

더군다나 서로가 어느 정도의 여력을 남겨두었는지 알 수가 없으니 더더욱 머릿속이 심란해졌다.

'하지만…….'

그렇다고 싸움을 포기할 생각은 없었다. 적시운은 끝까지 가리라 결심하고서 수라강기와 염동력을 최대한 끌어올렸다.

쿠구구구.

검은 기류가 적시운의 몸을 휘감았다. 발아래의 자갈과 모래알들이 허공으로 떠올랐다. 그 광경을 보며 백진율은 호승심과 씁쓸함을 동시에 느꼈다.

"정녕 내 제안을 거절하겠다는 건가?"

"정녕 네 제안을 거절하겠다는 거다."

"……좋다. 지금부터 너는 나의 숙적, 기필코 필살해야만 하는 대상이다."

"언제는 안 그랬다는 듯이 지껄이는군."

"더 이상 너를 설득하기 위해 노력하지 않겠다. 다음에 만나게 되면 나는 너를 패퇴시키기 위해 무슨 일이든 할 것이다."

"뭔 얼어 죽을 다음이야. 여기, 이 자리에서 깔끔하게 끝내자니까."

"아니."

백진율은 고개를 저었다.

"구태여 손해를 볼 싸움에 매달릴 생각은 없다."

"뭐?"

"지금 너와 싸우려면 목숨을 걸어야 할 거다. 설령 승리하더라도 막심한 피해를 감수해야 할 테지. 어쩌면…… 패배할 수도 있고."

"겁먹은 거냐?"

직설적인 적시운의 질문에 백진율은 혀를 찼다.

"수억 인구의 목숨을 홀로 짊어진 자의 압박과 부담감을 네가 알 리 없지."

"겁에 질렸다는 말을 참 장황하게도 하는군."

"후, 나를 도발하려는 속셈이겠지만 소용없다. 그래봐야 네 쪽이 초조하다는 것만 드러내는 꼴이다."

"좋을 대로 떠들어. 난 여기서 널 끝장낼 생각이니까."

"아니, 넌 할 수 없다."

백진율이 고개를 가로저었다.

"마닐라에 배치된 지대지 탄도 미사일 100기가 막탄섬을 조준하고 있다. 내 명령 한마디면 불의 세례가 국제공항 위로 떨어질 것이다."

"너……!"

"네가 덤벼든다면 나는 주저 없이 명령을 내릴 거다. 우리의 대결이 어느 쪽 승리로 끝나든 막탄섬에 있는 네 부하들은 몰살당한 직후일 테지."

"그런다고 내가 겁이라도 먹을 줄 아는 거냐?"

"아니, 하지만 네가 그들을 쉽게 저버리지 않으리라는 건 알고 있다."

백진율이 감정 없는 얼굴로 말을 이었다.

"나는 네가 왜 죽기 살기로 덤비려 드는지 안다. 일반적인 전황으로 흘러가선 천무맹을 도저히 이길 길이 보이지 않으니, 여기서 나를 어떻게든 죽이려는 것일 테지."

"……."

"하지만 그 싸움에 내가 응할 필요는 없다. 여기서 성급하게 결착을 내지 않아도 너와 한국을 굴복시키는 건 어렵지 않으니 말이다."

"명령이고 뭐고 내리기 전에 널 죽이면 그만이지."

"소용없다."

백진율의 입가가 희미한 미소를 그렸다.

"이미 명령을 내렸으니까."

"……!"

순간 적시운의 피부를 찌르고 들어오는 느낌. 아음속의 비행체들이 막탄섬으로 빠르게 접근하고 있었다.

"너……!"

"나는 네가 두렵지 않다, 적시운. 하지만 네 뜻대로 응해 줄 생각 따윈 더더욱 없다. 굳이 네게 응하지 않아도 내가 이길 방법쯤은 무궁무진하니 말이다."

백진율이 양팔을 벌렸다. 미사일 한 발이 그의 머리 위 상공을 가로질렀다.

"어쩔 테냐? 알량한 자존심을 지켜 이 자리를 지킬 거냐?

네 소중한 이들의 목숨을 제물 삼아 나와 결판을 내겠느냐?"

"아가리 닥쳐."

적시운이 차갑게 쏘아붙였다.

"다음번에 만날 땐 향불이나 준비해 둬라. 나는 널 위해서 피워줄 생각이 없으니까. 그때까지 진지하게 생각해 봐라. 나와 대립하는 게 과연 옳은 일인지."

"엿이나 먹어."

그 말을 끝으로 적시운이 신형을 쏘았다. 시우보를 펼친 그의 몸이 빠르게 미사일을 따라잡았다.

이윽고 세부 상공에서 피어나는 불꽃. 우두커니 그 모습을 바라보던 백진율이 몸을 돌렸다. 마닐라에서 발사된 미사일들이 줄지어 날아들고 있었다.

백진율은 불꽃이 폭사되는 하늘을 힐끔 돌아보고는 곧장 경공을 펼쳐 세부섬을 벗어났다.

마닐라까지 복귀하는 데엔 그리 많은 시간이 소요되지 않았다. 상공에 떠 있는 지휘선 약사여래에 도착하니 무백노사가 종종걸음으로 나와 맞았다.

"잘 참으셨습니다, 맹주. 실로 비할 데 없이 현명한 판단이었습니다."

백진율이 가져간 통신기를 통해 모든 대화를 엿들었을 터.

백진율 본인부터가 용인한 것이었기에 화낼 일은 아니었다.

"그런 무뢰배 같은 오랑캐 놈과는 구태여 맞붙으실 필요도 없습니다. 물론 맹주께서 진심으로 싸우신다면 그깟 놈은 발끝에도 미치지 못할 테지만 말이지요."

"정말 그렇게 생각하오, 노사?"

"물론이지요! 이 무백, 한시도 맹주에 대한 신뢰를 의심해 본 적이 없습니다."

"그렇소? 나는 아닌데."

"예?"

백진율은 소파에 몸을 뉘였다.

"나는 적시운과 싸우고 싶지 않았소. 놈에게 설명했던 이유도 이유지만, 내 마음 깊은 곳에서 불안감을 느꼈던 것도 사실이오. 어쩌면…… 내가 패할지도 모른다는 불안감 말이오."

"맹주……!"

"폐관을 마칠 때쯤 나는 확신할 수 있었소. 내가 이룩한 이 경지야말로 인간이 다다를 수 있는 최상의 경지라고. 누구도 무공에 있어선 나를 따를 수가 없노라고."

"그것은 지극히 당연한……."

"적시운과 마주하자마자 그 생각이 흔들렸소."

무백노사는 입을 다물었다. 적시운을 향한 욕설을 한바탕

늘어놓고 싶었지만 차마 입이 떨어지질 않았다.

"기쁜 마음이 드는 동시에 두렵기도 하더군. 이 경지에 다다른 것이 비단 나뿐만이 아니라는 것이, 같은 시간 동안의 성취는 놈이 더 빼어났다는 사실이."

"천마의 무공은 파멸의 무공입니다, 맹주. 빠르고 간편한 성장을 약속하는 듯 보이지만 결과적으로는 놈을 심마에 빠뜨리고 괴물로 만들어버릴 것입니다."

무백노사의 어조에서 진한 살기가 드러났다.

"너무 마음에 담아두실 것 없습니다. 제석천을 비롯한 12강이 당한 것은 안타까운 일이나, 대세를 뒤집을 정도의 타격은 아닙니다. 적시운 그놈이 아무리 날고 기어봐야 홀로 국가 하나를 수호할 수는 없을 겝니다."

"나도 그러길 바라오."

상체를 일으킨 백진율이 말했다.

"하지만 이대로 놈을 죽인다는 건 너무나 아깝게 느껴지오. 인류의 진정한 적이 언제 준동할지 모르는 지금이라면 더더욱."

"맹주……."

"처음으로 차원의 문을 연 자들. 이세계의 존재들과 결탁하여 지구를 침공하게끔 만든 자들."

백진율의 눈빛이 스산하게 빛났다.

"놈들을 쓰러뜨리기 위해선 적시운의 힘이 필요하오."

"맹주! 천마의 후예와 손을 잡으려 하시다니요!"

"정사 간의 케케묵은 원한이 그렇게나 중요하오? 노사는 별것 아니라는 투로 말했지만, 12강의 대부분이 궤멸됐다는 건 결코 작은 타격이 아니잖소."

"그 일을 벌인 놈이 바로 적시운 그놈입니다. 놈이야말로 한때 우리를 멸망으로 몰고 갔던 대악귀의 후계자란 말입니다!"

"천마는 수백 년도 전에 죽었소. 적시운이 물려받은 건 그가 남긴 무공뿐이고."

"맹주!"

"적시운과 손잡게만 된다면 12강의 손실쯤은 가볍게 메우고도 남을 것이오. 그것이 바로 노사가 내게 가르쳐 주었던 합리가 아니오?"

무백노사의 흰 수염이 파르르 떨렸다. 그가 전에 없이 분노하고 실망했음을 깨달은 백진율이 미안한 표정을 지었다.

"나는 천무맹의 맹주요, 노사. 보다 많은 이를 위해, 나의 백성들을 위해서라면 뭐든지 할 수 있어야 하오."

"마두와 손을 잡는 것은 그 선택 사항 안에 있을 수 없습니다."

"22세기에 마두 타령이란 게 가당키나 한 말이오?"

"그 판단을 부디 재고하십시오, 맹주. 어차피 적시운 그놈도 맹주의 제안을 일언지하에 거절했잖습니까?"

"그건…… 그랬지."

백진율이 씁쓸한 표정을 지었다. 표정을 바로 한 무백노사가 준엄한 어조로 말했다.

"설령 맹주께서 아량을 베푼다 하여도 그 악도 놈이 받아들일 리 만무합니다. 동이족 놈들은 원체 교활한 데다 쓸데없는 자존심만 강하기 때문이지요."

"……."

"게다가 이미 그 기회가 사라졌을지도 모릅니다."

무백노사의 낯빛이 싸늘해졌다.

"이 미사일의 빗발 속에서 제 놈이 과연 살아남을 수나 있겠습니까?"

쾅광! 쾅과광! 쿠구구구궁!

세부섬의 상공에서 연신 폭염이 터져 나왔다. 빗발처럼 날아드는 미사일의 세례를 적시운이 일일이 찢어발기고 깨부수는 광경이었다.

미처 터뜨리지 못하고 놓친 것들도 막탄섬에 떨어지기 전에 터져 나갔다. 헨리에타가 저격에 나섰던 것이다.

아무리 대물 저격총에 철갑탄을 사용한다 해도 비행 중인 미사일을 터뜨린다는 건 쉽지 않은 일. 하지만 내공을 주입한 헨리에타의 마탄은 차원이 달랐다.

쿠궁! 쿠구구궁!

위태로운 불꽃놀이는 20분가량 이어졌다. 미사일의 총 개수는 얼추 따져도 200기 이상. 앞서 백진율이 말한 것의 배가 넘었다.

"후우……."

불꽃의 향연이 끝났을 무렵. 적시운은 온통 그을린 데다 몸 곳곳에 화상까지 입은 뒤였다. 그나마도 호신강기로 몸을 보호한 덕택.

하나 미사일의 화력은 결코 얕볼 것이 아니었던지라 기력 소모가 상당했다.

"녀석이 지금 덤벼들었다면 위험했을 텐데."

손해 볼 싸움은 하지 않는다.

백진율은 그렇게 말했다. 하지만 그 말대로라면 이 타이밍이야말로 최적이 아닐까.

[아마도 놈은 여전히 갈등 중일 걸세. 자네를 끌어들여야 할지, 제거해야 할지 말이야.]

"왜 그렇게까지 내게 집착하지?"

[그 이유는 바다 건너에 있을 듯하구먼.]

천마의 말에 적시운은 고개를 끄덕였다.

"북미 제국…… 그리고 황제."

to be continued

한태민 현대 판타지 장편소설
Wish Books
채널마스터
CHANNEL MASTER
할아버지 집 창고 정리 중 찾아낸 텔레비전.
그런데 이놈 보통 텔레비전이 아니다.
[채널 마스터 시스템에 접속하였습니다.]
[사용자의 정보를 분석합니다.]
[필요로 하는 채널을 업데이트합니다.]
경험을 쌓아서 채널을 더 확보해라!
그 채널이 고스란히 네 능력이 되어줄 테니.

바바리안 퀘스트

하늘산맥은 영혼들의 쉼터였고,
산 자는 하늘산맥을 올라선 안 된다.
모두가 그리 믿고 있었다.

"너는 위대한 전사가 될 거다, 유릭."

촉망받는 부족전사 유릭은 하늘산맥을 넘었고,
그곳에서 스스로를 문명인이라 칭하는 사람들과 마주한다.

『바바리안 퀘스트』

야만인 유릭이 문명세계로 간다.